JOURNAL D'UN JEUNE PÈRE

Odilon Thorel

Journal d'un jeune père

Carnet de bord

Mazarine

Couverture :
Conception graphique : Le petit Atelier
Motif : Odilon Thorel

ISBN : 978-2-86374-880-0
Dépôt légal : juin 2022

À Claire et
à Rose.

PREMIÈRE PARTIE

LA GROSSESSE

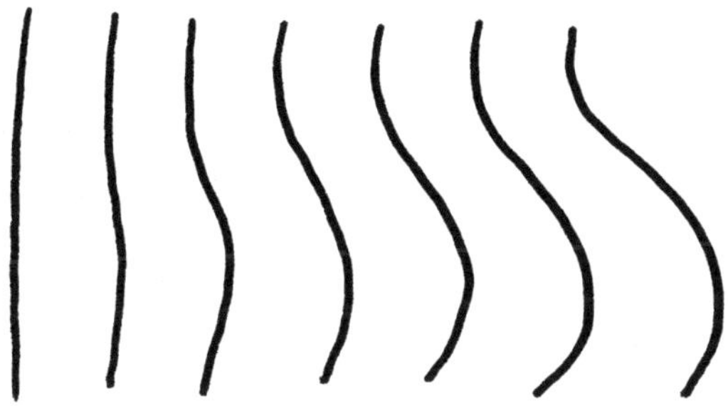

2020. Nous sommes en avril, en plein confinement à cause du Covid 19, et les jeunes disent « on fait des bails ». Voici le contexte dans lequel commence notre histoire. Claire rentre des courses et fonce avec les sacs dans la salle de bains. Je me précipite pour les récupérer, car je désinfecte les objets qui viennent de l'extérieur : je trouve une boîte.

Claire me dit :

Ce qui veut dire que je saurai le lendemain… Et le lendemain, dans le couloir de notre nouvel appartement :
Claire est enceinte !

Le confinement m'a appris à bien nettoyer les choses, alors c'est le premier objectif que je me donne. C'est encore trop tôt pour acheter des objets comme :

À la place, je me focalise sur les choses que Claire peut manger ou pas. Pour ça, on a trouvé une application qui dit soit « non », « oui, aucun problème » ou « oui, mais... » Ça dit souvent « oui, mais... » :

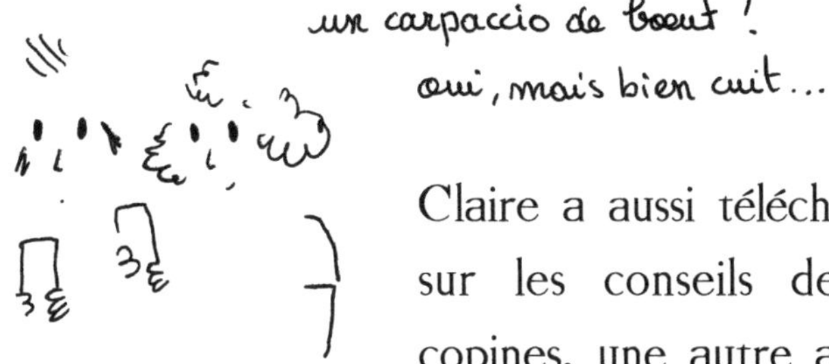

Claire a aussi téléchargé, sur les conseils de ses copines, une autre application qui compare le petit à naître à des fruits et des légumes suivant son âge :

C'est fou parce que ça permet de suivre de près l'évolution de notre bébé sans nous perdre dans des références abstraites.

J'ai aussi été confronté à un évènement inhabituel.
Le 17 mai et la fin du confinement approchant, Claire voulait voir les vélos disponibles dans une boutique pantinoise. Cette boutique, située sur le canal, a pour particularité de retaper des deux-roues vieillots pour en faire des bécanes à la mode, des « fixies » rutilants de trentenaires à moustache. Ces vélos, comme on pouvait le

deviner, sont chers et peu adaptés à une femme enceinte.
Malgré tout, nous sommes repartis chez nous avec l'un d'eux, pour la modique somme de 250 €...

En arrivant à la maison, Claire s'est enfin rendu compte que ça n'avait aucun sens, et une avalanche d'hormones s'est abattue sur notre foyer.

On a finalement rendu le vélo.

* * *

Avant la fin du confinement, nous avons dû aller faire la première échographie. J'ai donc rencontré pour la première fois la gynécologue de Claire. Elle lui fait peur, car elle est très directe, très « dirigiste » selon ses termes. Moi, je l'ai trouvée « médicale », et avec son masque, on avait du mal à lire ses expressions.

Elle m'a appelé en criant : « ODILOOON ! Dans le cabinet ! »

1re échographie pelvienne

Après on est allés dans le bureau d'à côté pour la vraie écho.

Avec le sosie de Michael Douglas...

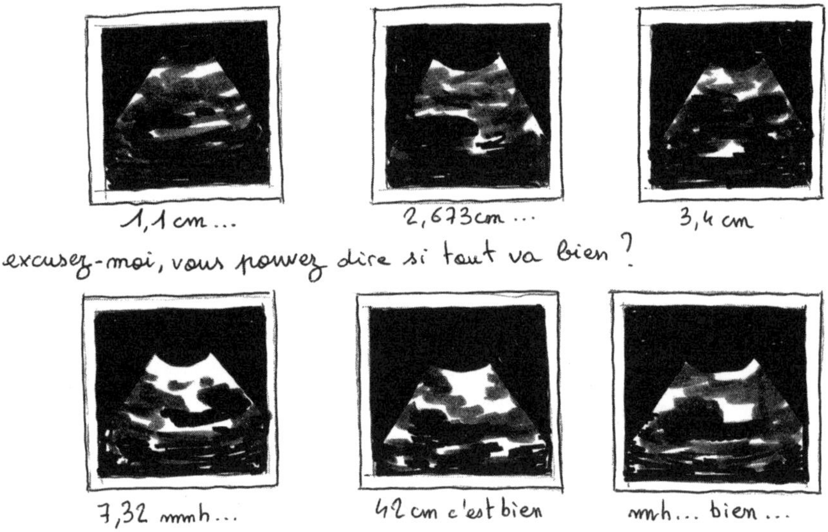

Moi, pendant ce temps, je filme, je dis « Oh la la » et je pleure...
Et voici une image 3D de notre enfant :

Une image affreuse en pâte à modeler du mini-nous. On n'a rien dit, mais on préférait la première image en noir et blanc, bien plus poétique...

* * *

Depuis le début de la grossesse, on l'a annoncé à pas mal de monde (circonstance oblige).
Mais nos parents étaient les plus heureux.

C'est fou de se dire qu'on fabrique une nouvelle branche de la famille. C'est chouette que les enfants des cousins soient assez proches en âge.

Le ventre de Claire est maintenant de plus en plus en avant ; ça se voit ! Mais le bébé ne bouge pas encore assez pour qu'on le sente. On ne sait pas si c'est un garçon ou une fille. On a tout de même plein de noms de chaque. On sait jamais !

* * *

Le 15/10/2020

Tout s'est passé très vite ces derniers mois. On a fait beaucoup de choses. Claire a travaillé sans relâche, et moi, j'essaie d'être présent le plus possible.

J'ai même pas pris le temps de continuer le journal, alors je ne recommence que maintenant !

* * *

La 2e échographie

Dans une toute petite pièce, à la maternité, un monsieur tout petit, très sympa, nous invite à le suivre.

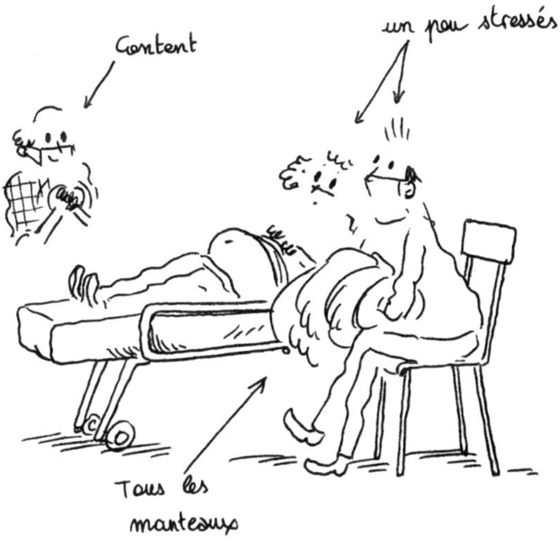

L'intérêt de cette écho, hormis le fait qu'on vérifie si tout va bien, c'est qu'on va enfin savoir si c'est un garçon ou une fille.
Le monsieur dit « mh » ou « mmh » ou « OK »,

alors je lui lance :

Et bien, c'est une petite gonzesse !! Haha !
C'est sûr sûr ? Sûr de sûr ??
Y'a une fille au boulot, on lui a dit : c'est une fille et après, 2 mois plus tard, c'est un garçon
...
...
C'est une fille, sûr a 99%, mais on peut se tromper...
Ça peut pas être un micropénis rentré alors ?
...

N... Non...
Ah...
...
C'est une fille !

*   *   *

Fort de cette bonne nouvelle, nous avons expérimenté ce que notre amie Morgane nous avait conseillé : l'haptonomie. De « *hapto* » qui veut dire « toucher » et « *nomos* » qui veut dire « loi ». Une sorte de médecine douce pour entrer en contact avec notre bébé.

La dame est très gentille, mais, même si on peut avoir des petits côtés mystiques, on avait peur de rigoler si elle nous disait des trucs tarés.
Elle nous a appris à bercer mini-nous depuis l'extérieur !

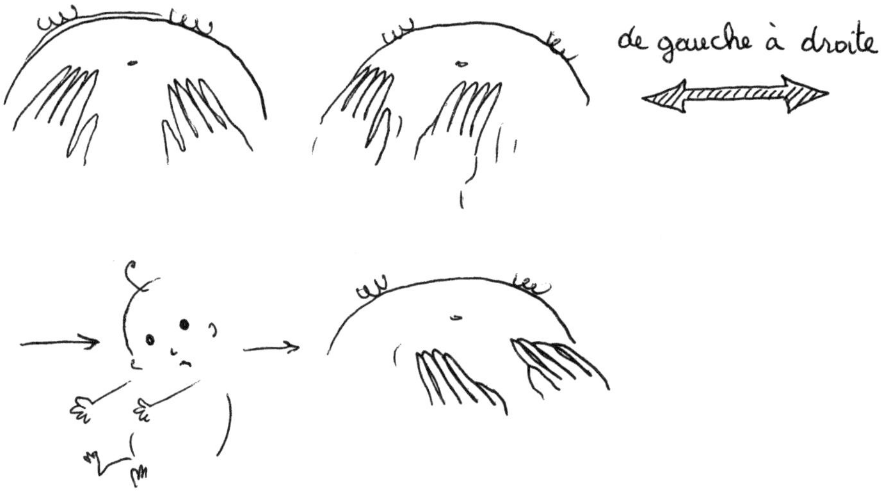

C'est fou !
(OK, ça marche pas tout le temps, mais bon...)
Sachant que (et c'est le plus important !) la petite commence à bouger (6e mois) et à donner des coups. Comme pour entrer quelque part : toc toc toc...

Deuxième cours d'haptonomie

On a appris à décambrer la colonne vertébrale, c'est très important parce que le dos de Claire se creuse de plus en plus. C'est normal, la petite prend beaucoup de place...

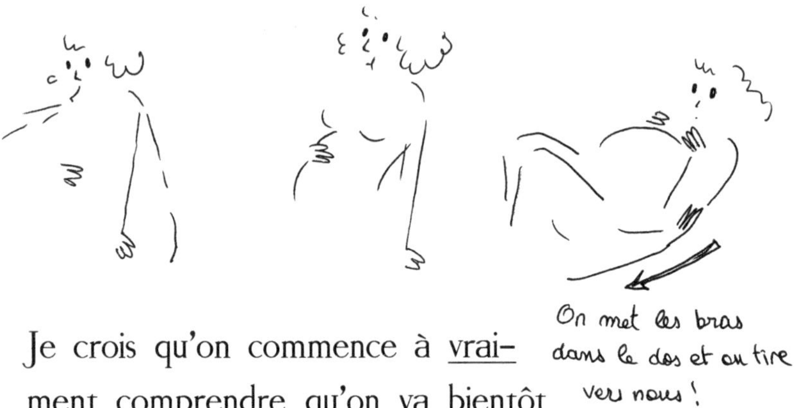

Je crois qu'on commence à <u>vraiment</u> comprendre qu'on va bientôt être trois à la maison. C'est important. Moi, je commence à « gatouiller ».
Le boucher m'a dit : « Ça va être une petite fille à son papa ! »

Vendredi 20 novembre 2020

* * *

Les analyses de Claire ne sont pas top. Trop de protéines dans les urines et tension un peu forte. Par sécurité, les médecins ont préféré la transférer dans un hôpital de niveau 3 pourvu d'un service de grossesse à haut risque. Pour une durée indéterminée...

C'est fou, comme ma belle-sœur, Claire fait une prééclampsie...

Pendant 10 minutes, quatre fois par jour, on lui prend la tension.

C'est beaucoup, mais c'est important. Moi, pendant ce temps, je fais des valises pour les apporter à la maternité.
Claire me prépare des listes pour que je sache quoi prendre...

Ça continue comme ça pendant quatre jours. Et le mercredi, Claire est de nouveau à la maison. Mais une sage-femme va venir trois fois par semaine chez nous pour contrôler tout ça.

En fin de compte, Claire ne restera qu'une journée à la maison. Elle retourne à la maternité le soir même...

Finalement, on arrive à l'hôpital ; les sages-femmes et les médecins sont super et ils nous expliquent que Claire restera jusqu'au terme...

Claire s'installe alors sur place, et moi, je rentre à la maison.

Je fais la connaissance de Henri, un chauffeur Uber, qui est sympa et qui me propose de me faire un forfait « voyage à la maternité » !

Puis l'attente...

Pendant deux semaines, Claire est à l'hôpital. C'est très étrange, car je suis tout seul dans l'appartement et nous sommes encore confinés. Je fais des visios avec mes parents et mes frangins. Je suis inquiet pour Claire, pas médicalement, j'ai surtout peur qu'elle s'ennuie – elle qui aime tant être entourée. La tension et les monitos de Claire et du bébé sont très bons. Quand je vais à la maternité, j'essaye d'apporter un maximum de choses à manger.

Et plein d'autres plats comme du bœuf au basilic, car les petits plateaux repas qu'on lui sert sont certes très équilibrés, mais pas très bons...

Lors d'une visite à la maternité, nous avons pris le temps de faire une visio avec une sage-femme un peu lunaire et sa collègue de toujours, une *hypno-therapist* américaine. C'était inhabituel et au bout de vingt minutes, le cours s'est axé sur le côté orgasmique de l'accouchement... On n'était pas vraiment préparés à ça...

* * *

L'échographie du 3 décembre

Prévue depuis longtemps, c'est cette échographie qui doit décider si on va déclencher Claire. En arrivant à la maternité, la petite pesait 1,8 kilos. Sachant qu'un petit bébé doit prendre, à partir de la 35e semaine, trente grammes par jour, il faudrait, dans l'idéal, qu'elle pèse 2,25 kilos...

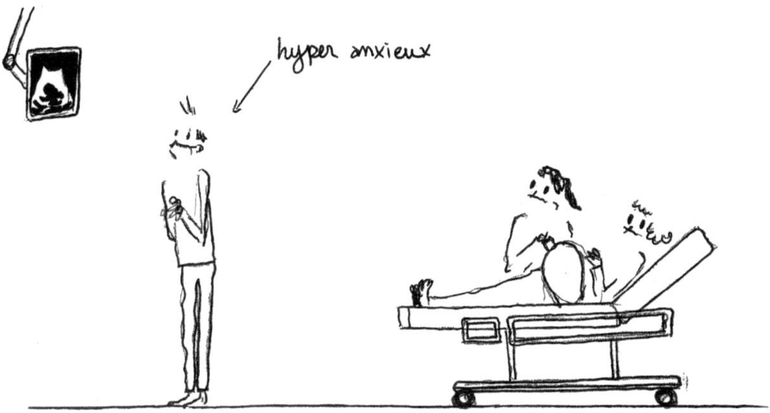

La médecin est très gentille et mesure la petite avec attention. Malheureusement, elle n'a pas du tout grossi (1,9 kilos). Ce qui veut dire qu'il va falloir déclencher l'accouchement (on s'y attendait un peu tout de même). Je regarde Claire, elle a l'air sereine. Je la trouve très forte, car, en gros, la médecin nous fait comprendre que ça va se passer ce week-end.

On retourne dans la chambre.

On nous explique qu'ils vont mettre un ballonnet à Claire, une méthode douce pour commencer le travail. Il sera posé le lendemain, alors je vais rentrer pour récupérer des affaires. Avant de partir, je reste encore un peu avec Claire pour manger des plats vietnamiens qu'on a commandés. À 21 heures, Henri m'attend devant la maternité.
Arrivé à la maison, j'appelle tout le monde. Je me bois même un petit verre de rouge.

Le lendemain, j'arrive à 9 heures à la maternité. On lui a déjà posé le ballonnet.
J'ai apporté plein d'affaires, une grosse valise orange, remplie à ras bord. Claire a passé la soirée à m'envoyer des textos pour que je n'oublie rien.

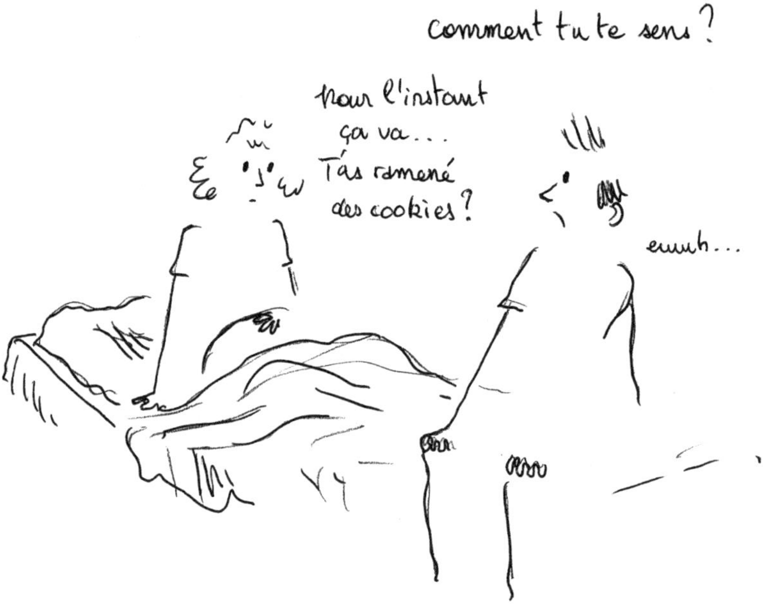

Le principe du ballonnet, c'est qu'il est disposé dans le col de l'utérus, puis gonflé progressivement avec de l'eau. Cela permet d'ouvrir le col et que le travail commence.

Les infirmières vont être très présentes durant toute cette journée, pour vérifier que tout se passe bien.

La personne qui s'occupe le plus de Claire est un sage-femme.

On s'est donc posé plein de questions :

Et non ! Sinon ce serait un métier spécialisé dans l'accouchement des hommes puisque sage-femme signifie : « qui a la connaissance des femmes ». Donc on dit : un sage-femme ou maïeuticien.

Pour ce qui est du ballonnet, il n'a pas été très efficace. Pendant la journée, Claire a senti des petites contractions sans douleur, mais la nuit, ça a été infernal. Toutes les trois minutes, pendant six heures. Impossible de dormir. Heureusement, l'équipe a bien voulu que je reste jusqu'au matin dans sa chambre. J'ai pu soutenir Claire, lui apporter de l'eau, lui faire des massages – et tout ça...

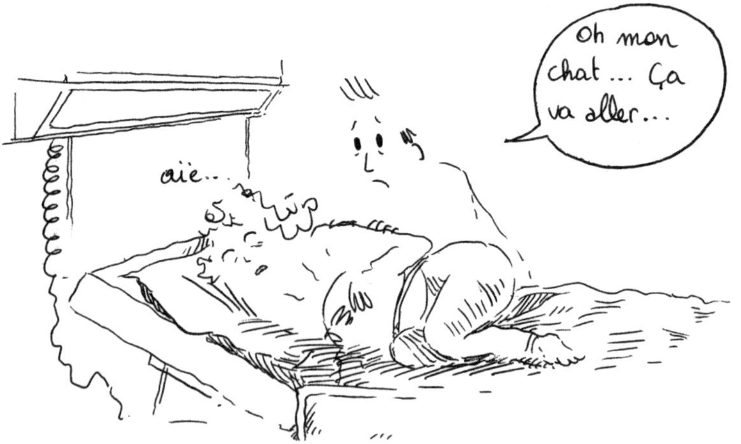

Au petit matin, le sage-femme contrôle si le col s'est ouvert, mais presque pas...

La médecin va donc prendre une décision aujourd'hui : soit il y aura un déclenchement avec le gel, soit une césarienne.
Claire commence à avoir peur, je le vois, car elle essaye d'avoir l'air totalement détendue, mais elle respire super fort...
La médecin arrive avec des infirmières et annonce qu'au vu des analyses relativement stables de la prééclampsie, elle préconise un accouchement par voie basse, donc en utilisant le fameux gel. Elle nous

dit aussi que Claire aura accouché dans les six heures après la pose du produit. Si ça ne marche pas, alors ce sera césarienne.

C'est aujourd'hui qu'on aura un enfant dans nos bras. C'est ce à quoi je pense. En regardant Claire, je m'aperçois qu'elle tricote toutes les informations dans sa tête. Elle stresse énormément et quand elle est comme ça, je ne peux pas faire grand-chose. Hormis être là.

C'est alors qu'elle dit à la médecin :

La médecin répond : « Haha, non, ne vous en faîtes pas, on ne va pas faire de césarienne. Ça va bien se passer ! »
Évidemment, elle n'a rien compris ! Ce que Claire voulait dire, c'était :

Le problème, c'est que l'échéance d'un accouchement déclenché n'a rien à voir avec un accouchement naturel où on ne sait pas quand cela va arriver. Avec le déclenchement, tout est devenu un compte à rebours très exact. On nous l'a dit, mais c'est la situation que nous allons devoir gérer le mieux possible.
À ce moment, mon rôle est d'être présent, de rassurer Claire, de la faire rire. La dynamique médicale devient malgré tout de plus

en plus présente, et moi, je me transforme progressivement en spectateur. Qu'on le veuille ou non, c'est Claire qui accouche et même si je suis là et que je fais de mon mieux, j'ai peur – je ne sers pas à grand-chose...
Une fois que le gel est posé, Claire est transférée en service médicalisé. Et je dois attendre qu'on me dise de venir. Alors, je téléphone à mes proches... Histoire qu'ils me disent que tout va bien se passer.
On me donne une fraise, un masque et des sur-chaussettes en papier pour mettre par-dessus mes chaussures. J'envoie une photo de moi à ma famille.

Achille : Ahah, la grosse fraise !
Marius : Alors, ça travaille ?
Moi : Bin pour l'instant, ils font une péridurale ! Moi, je suis dans la salle des accompagnants
Julie : C'est que le travail a commencé
Moi : Oui
Moi : J'ai l'air un peu con, non ?
Achille : Non... Non, pas du tout, on dirait une tortue prise dans un sac plastique.

Une aide-soignante vient me chercher pour aller rejoindre Claire.

Les sur-chaussures en papier sont hyper glissantes, alors je marche doucement et pense : « Si je tombe et que je me fais mal le jour de l'accouchement, ce serait la honte totale... »

La salle où se trouve Claire est immense.

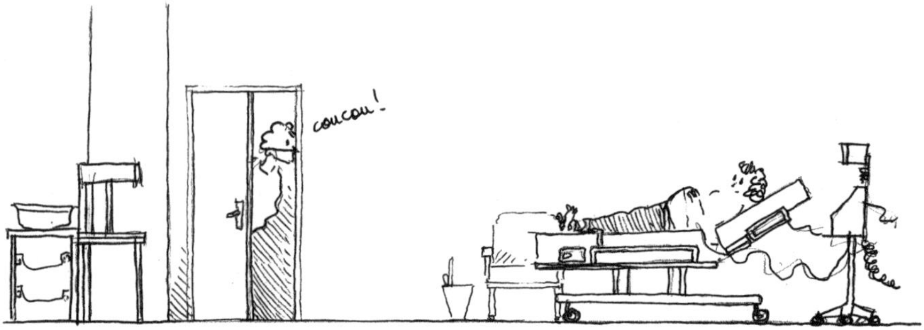

Elle a l'air concentré. Le temps de faire le tour de la salle et j'installe son ordinateur.

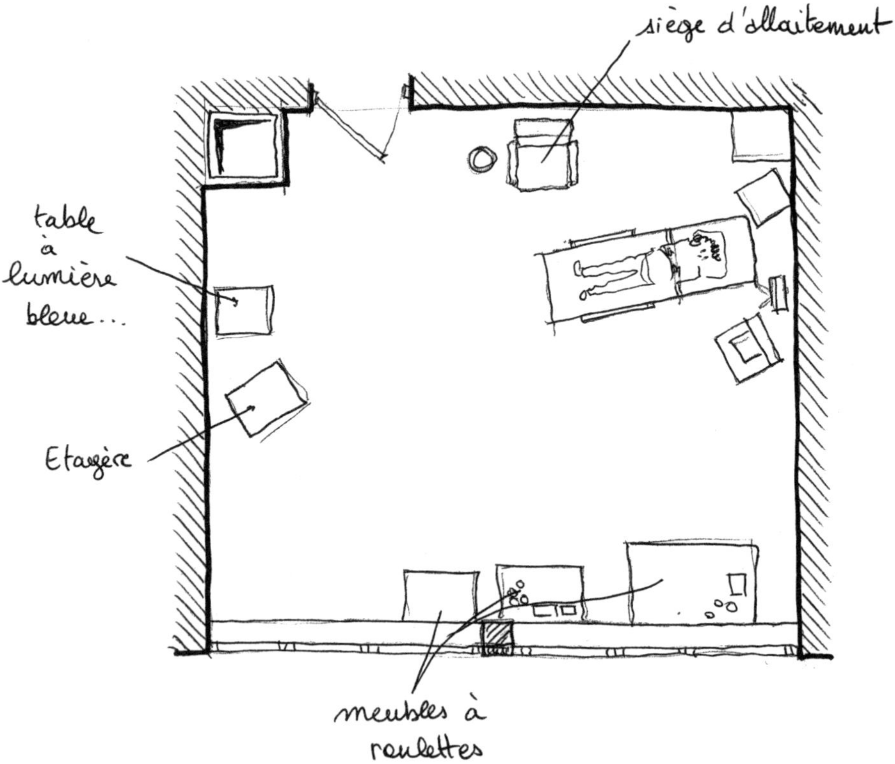

Les copines de Claire ont préparé une playlist avec des musiques pour l'accouchement. Ça va de « The Eye of the Tiger » à Sofi Tukker en passant par Bob Marley.

On a donné à Claire une perfusion reliée à la péridurale. Grâce à une petite télécommande, elle peut réguler elle-même l'anesthésie...

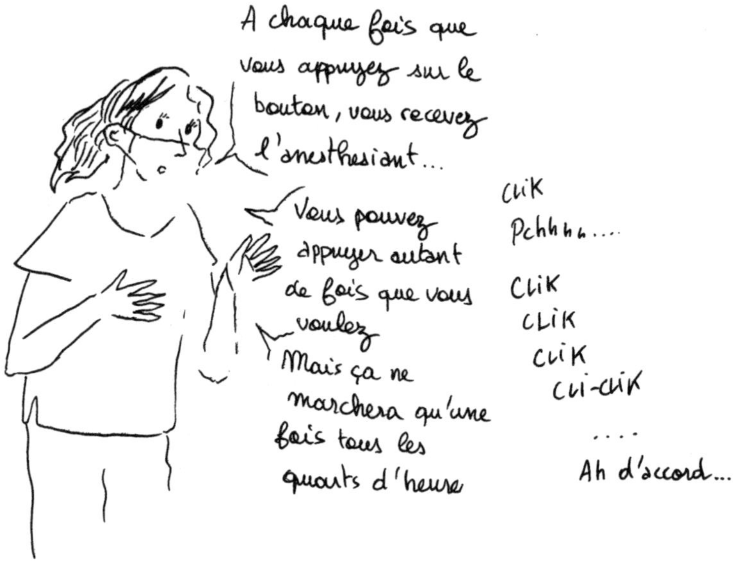

Arrivent alors l'anesthésiste et une infirmière qui nous expliquent comment ça va se passer. Il va falloir surveiller le rythme cardiaque de Claire et le comparer à celui du bébé au moment des contractions.

Si le rythme cardiaque du bébé chute ou si celui de Claire s'emballe, il faudra faire une césarienne d'urgence. Aussi, le rythme du bébé est un bon indicateur de l'ouverture du col. Si les contractions deviennent de plus en plus fortes, ça indique l'issue prochaine de la poussée.
Pour l'instant, tout est stable.
Je ne quitte pas des yeux le moniteur.

Les premières contractions arrivent au bout d'une heure, on voit sur le moniteur une grande courbe qu'accompagnent les rythmes cardiaques de Claire et du bébé.

Ça passe vite, et une nouvelle sage-femme, qu'on avait encore jamais vue, vient immédiatement contrôler les résultats. Tout va bien. Le rythme du bébé est stable. Mais au bout d'un moment, les contractions deviennent de plus en plus rapprochées, et malgré la péridurale, la douleur est insupportable. Claire l'indique à la sage-femme qui a l'air très sérieuse d'un coup.

L'anesthésiste revient, elle discute avec Claire et nous informe finalement que la péridurale s'est latéralisée. Ce qui veut dire qu'un seul côté est anesthésié.

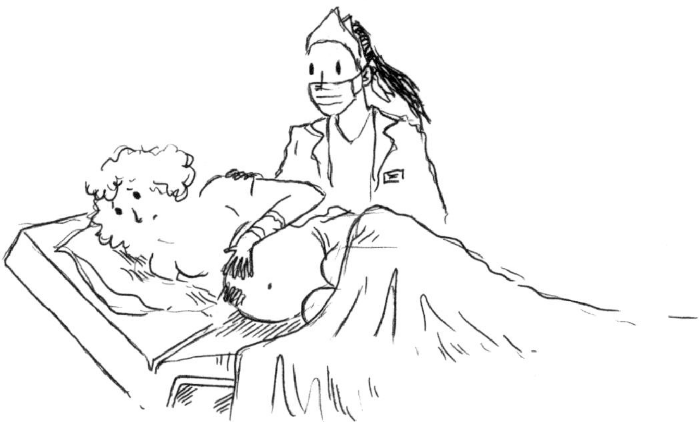

Une nouvelle dose est injectée, et Claire est mise sur le côté pour que le produit se diffuse bien. Mais les contractions continuent, de plus en plus fortes, à la faire souffrir.

Plus inquiétant, son rythme cardiaque monte à 20, et la machine se met à biper avec une lumière rouge.

La sage-femme et l'anesthésiste arrivent en trombe dans la salle et commencent à sortir le matériel. La sage-femme me demande d'aller attendre à l'extérieur, dans la salle des accompagnants. Ils vont devoir reposer la péridurale et je n'ai pas le droit d'y assister. Avant de partir, j'entends Claire demander si c'est normal de ne plus sentir sa jambe droite « du tout ».

Je me retrouve donc dans une nouvelle salle d'attente. La machine à café est en rade

et un autre type, exténué, dort en face de moi. Il ronfle bruyamment et, Covid oblige, il porte mal son masque.
Alors j'attends à l'entrée de la salle, avec un air décontracté...

Au bout d'un certain temps, j'entends une voix. La sage-femme m'appelle ! Je me mets à courir, en oubliant totalement mes sur-chaussures en papier.

Je me démène, mais je ne vais pas très vite !

Je passe l'accueil où le personnel me regarde comme ça

pendant longtemps

Pour finalement arriver sur place :

Claire est là, souriante sur le lit, la tension est redevenue normale, et la péridurale fonctionne du tonnerre. En réalité, la douleur était particulièrement forte parce que son col s'était ouvert d'un coup très vite. Focalisée sur la péridurale latéralisée et le laps de temps particulièrement court entre la pose du gel et la douleur, l'équipe soignante ne s'est pas immédiatement rendu compte que le travail était prêt à commencer.
La suite des évènements est un peu brouillonne dans mon esprit, mais je me souviens distinctement de l'afflux de personnel soignant dans la pièce. Toutes les personnes que Claire avait rencontrées dans le service grossesse à haut risque ont déboulé. Tous hyper gentils et concernés, ils ont encouragé Claire pour le grand final.

Comme si c'était un match de basket. On a tous contribué à cette ovation de soutien.

Alors, raconté comme ça, ça fait bizarre, et d'ailleurs, si on m'avait dit qu'il y aurait huit personnes à l'accouchement, je pense que cela aurait été la super angoisse... Mais sur le coup, toute cette période était si étrange que je ne me suis même pas posé la question.
Claire, elle, était dans l'instant, et elle m'a dit que ça l'avait vachement aidée.
Je tiens à préciser que la playlist ne passait plus à ce moment, mais « We Are the Champions » aurait très bien marché.

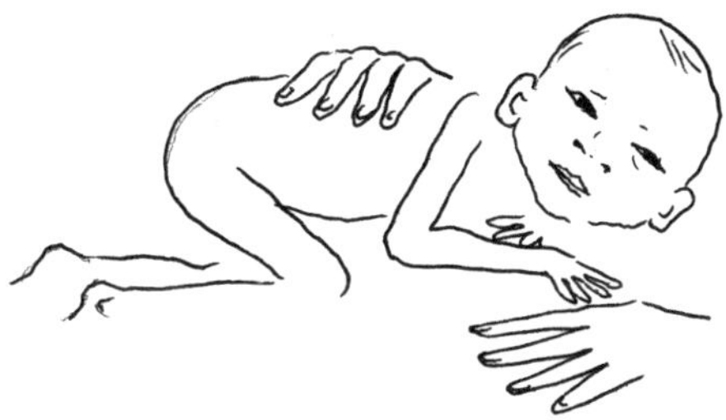

La petite est posée sur le ventre de Claire, et elle me fixe avec ses grands yeux gris, sans ciller.
On dirait un petit extra-terrestre. La sage-femme nous confirme qu'elle est très vive,

après avoir remarqué qu'elle regardait tout avec beaucoup d'attention.
Quelques secondes plus tard, notre petit bébé est emmené pour des examens complémentaires.

* * *

Nous allons rester très longtemps dans la salle d'accouchement. Claire discute avec la sage-femme qui est gentille. C'est le monde à l'envers, car moi, je suis exténué. Je m'endors presque dans le fauteuil d'allaitement alors que Claire, qui vient d'accoucher, a une patate d'enfer.

Ce n'est que deux heures plus tard (voire trois) qu'on frappe à la porte.
Deux infirmiers arrivent dans la pièce avec la couveuse qui contient notre petite extra-terrestre.

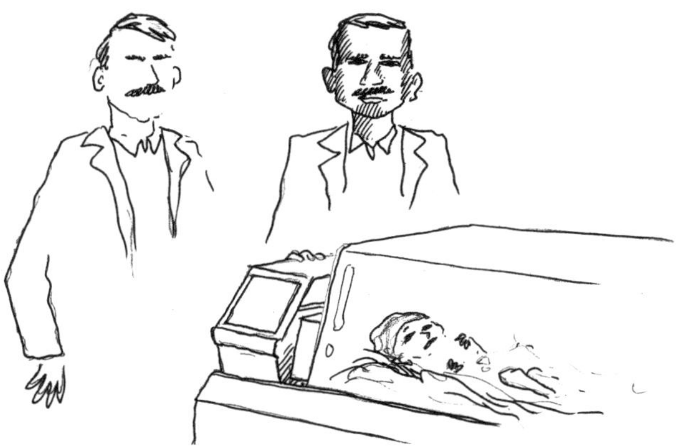

À cause de la fatigue et de l'émotion, on a dû remouliner cette scène à notre sauce dans nos têtes en se focalisant sur les moustaches des deux types. Il s'avère que, plus tard, en regardant les photos, on se rend compte que tout le monde était masqué. Rien n'indique la présence d'une éventuelle moustache – une sorte d'hallucination collective qui ne m'étonne pas trop, car, à ce moment-là, sous mes yeux, ma fille analyse avec attention son environnement – et c'est la seule chose qui a de l'importance.

On nous dit qu'elle ne voit qu'à une dizaine de centimètres, pourtant elle semble scanner tous les objets qui composent la pièce, y compris ses parents, car on a l'impression qu'elle réagit quand on parle.

Je me rappelle avoir été particulièrement inspiré dans le choix de mes premiers mots adressés au petit être qui plongeait, à l'instant, dans le grand bain de la vie.

La rencontre fut courte, car elle devait retourner dans le service médicalisé de l'hôpital. On s'est retrouvés seuls tous les deux...

On a regardé des photographies de la petite et de cette journée irréelle qui semblait ne jamais finir. (Je n'ai absolument aucun souvenir de qui a bien pu prendre ces photos...) Claire est maintenant épuisée, mais elle tient à prévenir tout le monde de la bonne nouvelle.

Rose est née le 5 décembre. Elle pèse 1,740 kilos. Et elle va bien.

DEUXIÈME PARTIE

LA NÉONATALOGIE

À cause de la prééclampsie, Claire doit encore rester en observation pendant quelques jours dans le service de grossesse à haut risque. Au même étage, au bout du grand couloir où se trouve sa chambre, il y a le service de néonatalogie.
Le lendemain de l'accouchement, on est tous les deux réveillés en même temps (j'ai eu le droit de dormir sur place, exceptionnellement !). On est hyper impatients de voir Rose, mais il faut encore contrôler la tension de Claire, vérifier que tout va bien, bref, ne pas se précipiter.

En attendant, je regarde les messages que j'ai reçus pendant la nuit. Mes parents sont rassurés, mes frères et mes belles-sœurs aussi ! La mère de Claire s'est évanouie quand elle a su ! Les copines n'en reviennent pas. Moi, j'ai seulement hâte de voir mon bébé, et, en même temps, j'ai un peu peur. Je réfléchis beaucoup...

Dès que l'infirmière nous donne le feu vert, on fonce au service de néonat !

Dans une salle d'attente un peu impersonnelle, deux dames mangent leur petit-déjeuner sur une petite table prévue à cet effet. Elles nous indiquent l'interphone. On sonne.

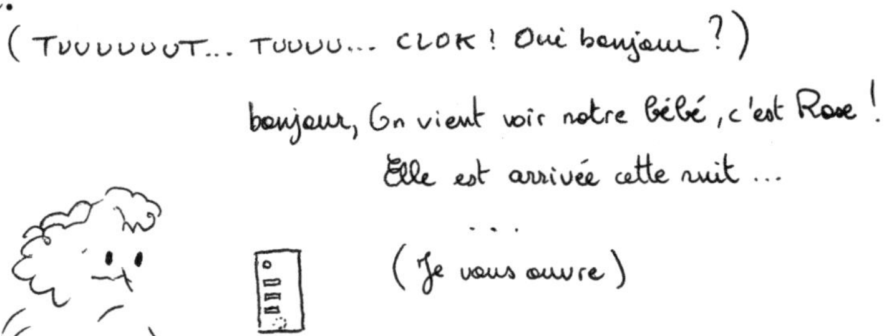

Nous entrons dans un sas avec un lavabo, des vestiaires en métal et quelques chaises.

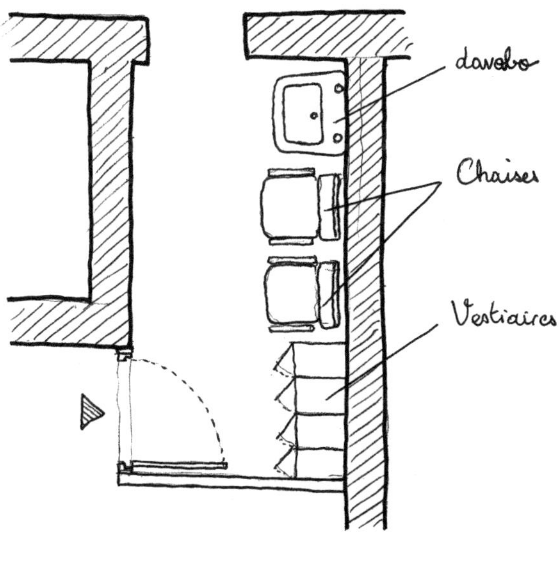

Une sage-femme vient nous ouvrir et nous précise les règles du service : pas de téléphone, pas de nourriture, on porte une blouse, le masque et on se lave les mains ! Ces règles me plaisent beaucoup sur le coup et je vais vite me rendre compte que le personnel ne plaisante pas du tout. Je prends le temps de bien me laver les mains pendant trente secondes !

La personne qui est à côté de moi, pendant que Claire parle à une aide-soignante, me dit :
« Dis donc, hey, vous vous nettoyez les mains comme si vous passiez au bloc ! »

Je lui réponds :
« Haha, bin oui, je fais toujours ça ! »
Et elle se fout un peu de ma gueule !

(On recontextualise : pandémie planétaire, service de néonat, bébé fragile, et une maman se moque de moi parce que je me lave trop les mains...)
La sage-femme qui nous avait fait entrer nous demande de la suivre. Au passage, la dame qui rigolait remet son masque sur son nez dès que quelqu'un du service croise son regard.

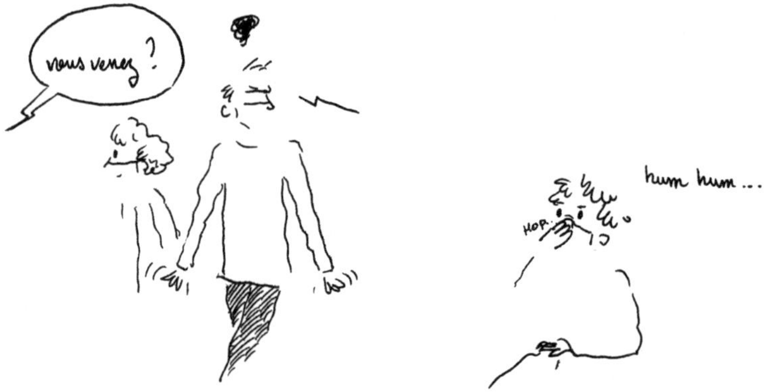

Le service est une grande suite de couloirs très larges qui desservent des chambres vitrées avec tout un tas de machines qui clignotent, bipent et informent sur l'état des bébés. Tout au bout d'une des ailes, la chambre de Rose nous est présentée. Il y a déjà une maman qui donne le sein à un petit garçon.

Dans un coin de la pièce, dans sa couveuse, Rose dort à poings fermés. La première chose qui nous saute aux yeux, c'est une batterie de petits fils qui part de son torse jusqu'à une machine qui fait « bip bip ».
D'un coup d'œil rapide, je me rends compte que le petit garçon est relié à une machine du même type.

Rose a l'air si paisible, et si fragile...
Une infirmière entre dans la chambre.

On est donc là avec nos blouses moches tandis que l'infirmière nous explique ce qu'il se passe.

Rose va bien. Elle est en observation, car son poids est trop faible pour qu'on puisse rentrer chez nous avec elle. Par ailleurs, elle est aussi ce que l'on appelle « scopée ». C'est-à-dire qu'une machine contrôle son rythme cardiaque, sa respiration et sa saturation en oxygène. D'abord, on ne

l'avait pas vu, mais elle est nourrie avec une sonde qui passe par son nez. Son tout petit nez...
Elle se fatigue très vite, alors pour l'instant elle ne tète presque pas.
L'infirmière nous laisse avec elle. On pose tous les deux une main sur elle par les trous de la couveuse. On a l'air nigauds. On a un peu envie de pleurer.

Quand soudain !

Rose se réveille, pas joisse du tout, elle râle et la machine se met à clignoter et à faire un bruit monstre. Sur le moniteur, il y a écrit en rouge « tachycardie extrême » ! Nous, on panique, on regarde autour de nous, la dame avec son bébé est détendue et personne ne vient.

Je me mets à courir dans le couloir et fonce dans la salle des infirmières.

Une dame vient avec moi, entre dans la chambre et appuie sur un bouton, tout s'arrête...

« Vous venez d'arriver, non ? » qu'elle me dit.

« Oui. »

Elle nous explique ce qui vient de se passer : quand le bébé s'énerve, son petit cœur bat plus vite. Comme elle remue, elle défait

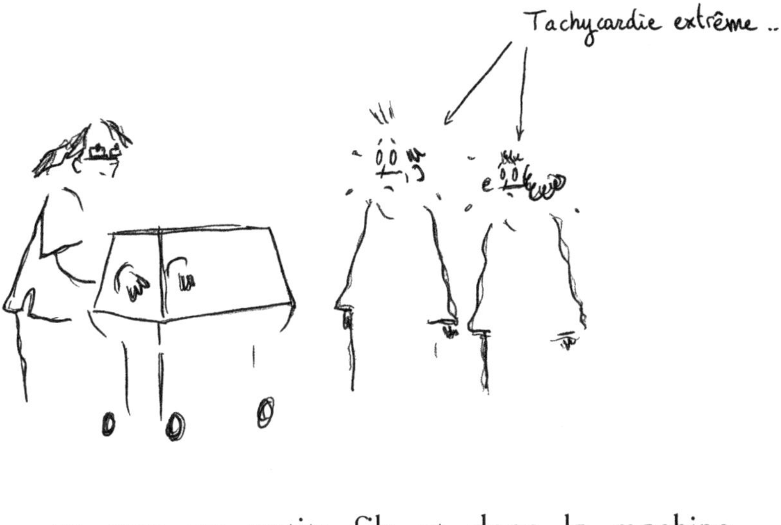

un peu ses petits fils et donc la machine signale une anomalie. Mais les infirmiers surveillent tout et savent donc s'il y a vraiment une anomalie. Là, il n'y en avait pas, c'est juste la machine qui ne sait pas faire la part des choses...

On vient d'apprendre notre première leçon de néonatalogie : ne pas interpréter les signaux qu'envoie la machine, le corps médical est là pour ça. S'il y a vraiment un problème, quelqu'un arrive immédiatement. Si le personnel tarde à venir, ce n'est pas parce que les gens jouent à la Playstation. Ça veut seulement dire qu'il n'y a pas de danger.

L'heure qui a suivi a confirmé l'explication que nous a donnée l'infirmière. Dès qu'on entendait sonner les machines, on surveillait le couloir et, quelquefois, on voyait passer une infirmière qui se précipitait vers la chambre concernée. C'est bête, mais ça nous a rassurés...

On est restés là à regarder notre bébé un certain temps jusqu'à ce qu'une infirmière vienne nous expliquer comment allait se passer le séjour.

Les bébés ont six soins par jour, hors le change. Il faut utiliser des compresses stériles, du sérum physiologique pour les yeux et du liniment pour les fesses. Il faut aussi mettre de l'Hexomédine sur le cordon ombilical pour pouvoir l'enlever progressivement.

On a donc regardé l'infirmière effectuer les soins avec beaucoup d'attention pour pouvoir le faire ensuite nous-mêmes sereinement.

Tout est petit, très petit ; les couches sont minuscules. Rose, sur sa petite table à langer, nous regarde fixement, avec un air étonné.

L'infirmière demande à Claire si elle compte allaiter, ce qu'elle confirme. Il faut donc stimuler la lactation en posant Rose sur sa poitrine.

L'instinct, c'est fou, car même prématurée, avec ses petits fils partout, Rose se fraye un chemin jusqu'au sein de sa mère.

TUT... TUT... TUT... TUT... TUT... TUT...

À la fin de la journée, on doit laisser la petite dans le service... Claire reste en observation et moi, je rentre à l'appartement.

Arrivé à la maison, je range des choses, je zone un peu et j'appelle ma famille.

Je leur raconte les nouveautés, mes angoisses et aussi le soulagement que tout aille bien. Avec le recul, je pense que j'étais rassuré qu'elles soient dans un lieu super médicalisé. Si le moindre problème arrivait, ça nous éviterait un stress supplémentaire. Quoi de mieux que l'hôpital pour l'hypocondriaque que je suis !?!

*   *   *

Le lendemain, je reviens tôt, très tôt, et rejoins Claire dans sa chambre. Après avoir pris le petit-déjeuner ensemble, on fonce en néonat. On croise des jeunes parents qui, comme nous, viennent voir leur bébé. Ils nous posent des questions auxquelles on répond sans trop réfléchir, comme beaucoup de personnes qui ont la tête dans le guidon depuis un certain temps.

Impossible d'écoper les vagues de honte qui remplissaient la pièce tout entière !

Le fait est que la petite va bien et que beaucoup de bébés en néonatalogie ont des conditions bien plus graves qu'elle. Mais c'est notre premier enfant, on est donc influencés par nos proches et leurs grossesses qui, pour le coup, n'ont pas eu de complications (en majorité). À cause de cela, en arrivant dans le service, on a cru que la plupart des parents étaient dans notre cas, alors que nous étions plutôt une exception...

* * *

Cela fait maintenant quelques jours qu'on est au service de néonat. Une fois dans la chambre de Rose, on installe nos affaires et prépare les produits. On est bien plus à l'aise. Rose est réveillée et nous regarde. Grâce à l'expertise des infirmières, elle est lovée dans des langes pliés de telle façon qu'elle est sur le côté (en chien de fusil).

Nous avons décidé de nous répartir les tâches. Comme Claire allaite, elle va faire

du peau à peau avec Rose, se reposer et la nourrir.
Moi, je vais m'occuper des soins, pour deux raisons. La première, c'est que j'ai une profonde angoisse de me retrouver seul un jour avec ma fille qui pleure, car il faut la changer et que je ne sais pas comment faire.
(Souvenir deux ans plus tôt, avec ma petite cousine que je garde)

La deuxième raison : c'est tout simplement le moyen le plus simple d'interagir avec ma fille. Une aide-soignante vient nous aider à ouvrir la couveuse pour qu'on ne fasse pas de bêtise. Elle prend délicatement notre bébé et me le tend pour que je puisse faire les soins.

Je commence par lui enlever sa couche qui est pleine. Un grand sujet de conversation entre jeunes parents est le caca des enfants comparé au caca des nouveaux-nés. (Un sujet particulièrement pénible pour un couple qui n'a pas encore de progéniture.) Le grand thème tient à une phrase :
« Le caca des nouveaux-nés est jaune, il ne sent rien, c'est trop mignon... »

Alors, c'est fou, parce que je ne suis pas d'accord du tout ! Oui, ça sent pas énorme, mais ça reste du caca ! La vraie raison de cet amour pour l'intérieur de la couche d'un enfant n'est pas le caca en lui-même, c'est le bébé, c'est ça qui est mignon ! Mais comme ces petits animaux sont des turbines particulièrement bien huilées, on s'habitue vite.

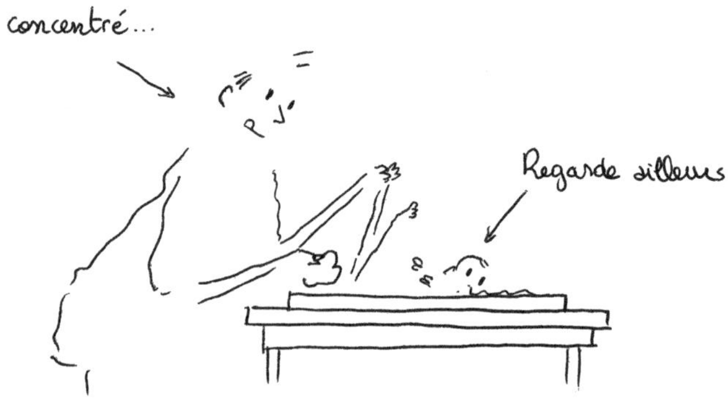

Le reste de l'après-midi, Rose a fait la sieste sur Claire. Elle ne tète pas beaucoup, car ça l'endort immédiatement. Alors, on utilise la sonde pour qu'elle ait assez à manger.
Moi, en attendant, je dessine un peu et je fais la sieste aussi. Dans la chambre, avec nous, il y a un autre bébé qui fait beaucoup de bruit en dormant. Il me paraît gigantesque. Ingrid, l'aide-soignante, nous explique qu'il va bientôt sortir. Il s'appelle Samir, il a trois semaines et pèse 2,5 kilos.

Rose, elle, est très calme, très silencieuse – et elle dort beaucoup. C'est d'ailleurs le rythme qu'elle va garder jusqu'à la fin de la première semaine de néonatalogie.
C'est au terme de cette première semaine que la pédiatre nous annonce que Rose va rester dans le service jusqu'à ce qu'elle atteigne, elle aussi, 2,5 kilos.
Compte tenu des pesées journalières qui nous montrent une évolution de la courbe de poids très faible, nous en avons pour près d'un mois et demi d'hôpital...
Ce soir-là, Claire a quitté le service de grossesse à hauts risques et est rentrée avec moi à l'appartement. On a laissé Rose à 19 heures après qu'elle s'est endormie.

Tous les deux, dans notre salon, on est très silencieux. On se sent coupables de manger et de regarder un film alors que notre bébé est à l'hôpital...

La première nuit ensemble, chez nous, depuis longtemps, on dort particulièrement bien. Ça permet à Claire de réellement se reposer. Le service de grossesse à haut risque, malgré le personnel adorable, devenait pesant.

* * *

Un rythme s'installe : on se réveille, on se prépare et on rejoint notre fille. Durant les deux dernières semaines, on a pris nos habitudes, on connaît mieux le personnel et on se détend. Rose grossit, elle est sortie de sa couveuse et dort à présent dans un petit lit.

J'ai collé sur les parois des petits dessins en noir et blanc qu'elle regarde attentivement.

On est maintenant autonomes pour les soins et on aide même les jeunes parents qui arrivent dans le service à comprendre l'environnement dans lequel évolue leurs enfants.

* * *

Au service de néonatalogie, ce qui nécessite énormément d'organisation de la part des jeunes mères, c'est la collecte de lait. Deux fois par jour, Claire va dans une salle pour utiliser un tire-lait. Des petits récipients stériles sont mis à disposition. Ils sont étiquetés avec le nom de l'enfant et l'heure à laquelle le lait a été tiré.

La nature est injuste, car toutes les mères n'ont pas assez de nourriture pour leur bébé. Donc si quelqu'un en produit trop, on répartit le tout pour que chacun mange à sa faim.

Claire n'en produit pas beaucoup, c'est comme ça, alors Rose est nourrie avec différents laits :

Du lait maternel donné par d'autres femmes
Du lait maternisé
Et enfin le lait de sa mère.

Pour augmenter la lactation et pour que la production ne se tarisse pas, l'hôpital nous a prêté un tire-lait portable.

Claire va l'utiliser très souvent et ce truc fait un bruit très particulier. Il est préconisé de tirer le lait toutes les trois heures pour simuler les succions du bébé et stimuler la lactation. Malgré cela, la production est en dent de scie :

C'est épuisant et ça peut faire mal. Quelque fois, je retrouve Claire endormie dans la chambre avec l'appareil encore branché.

On conserve les doses dans le réfrigérateur et on les apporte chaque matin à l'hôpital. Les sages-femmes sont très encourageantes, car cela arrive souvent que la quantité ne soit pas suffisante.

Un nouvel évènement va pourtant compliquer l'organisation…

Notre fille se révolte contre ses branchements. Bien plus costaude qu'avant, elle se met à arracher les fils qui la dérangent, dont la sonde. Il faut donc la lui remettre. C'est une torture. La petite hurle et les machines du service se transforment en véritable fête foraine.

Heureusement, la sonde n'est plus sa seule source de nourriture. La nuit, les aides-soignantes ont commencer à lui donner des biberons qu'elle boit en entier (60 ml) ! C'était drôle en fin de compte, car ses arrachages intempestifs ressemblaient à un ras le bol. Comme si elle nous disait qu'elle pouvait s'en passer.
Elle pèse à présent 1,9 kilos et je peux aussi lui donner à manger.

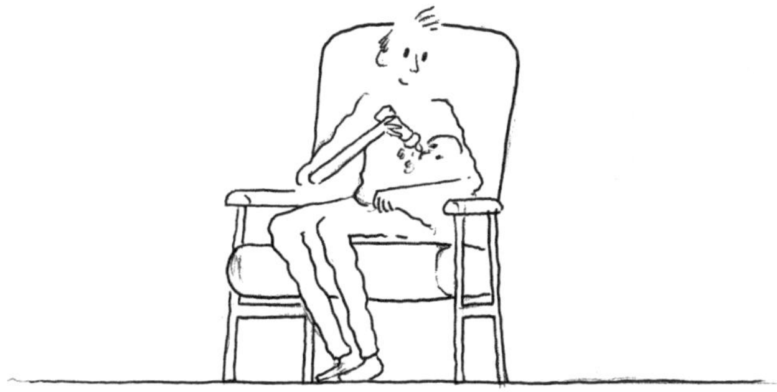

C'est d'ailleurs lors d'un de ses repas qu'elle a fini par s'endormir sur moi... Claire était dans la salle du tire-lait et donc, j'étais seul avec mon bébé. Cette situation inédite a été assez stressante, car normalement, je surveillais la machine et en cas de problème, je pouvais aller chercher de l'aide (même si comme dit précédemment, ça ne servait à rien, ça me rassurait juste...)

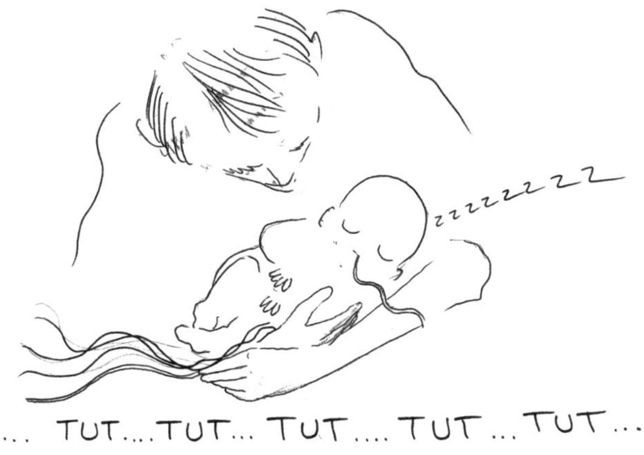

Comme tous les bébés, elle passait son temps à faire des petits bruits, des petits ronflements, et surtout à gigoter. Et évidemment, la machine s'est mise à clignoter. Comme je ne pouvais pas me lever, je me suis mis à chanter... Un copain m'avait dit que les bébés adoraient le Reggae, alors j'ai essayé « Three Little Birds » de Bob Marley.

Ça a eu l'air de fonctionner, alors c'est devenu un rituel : quand je me retrouvais seul avec elle, je lui chantais des chansons.

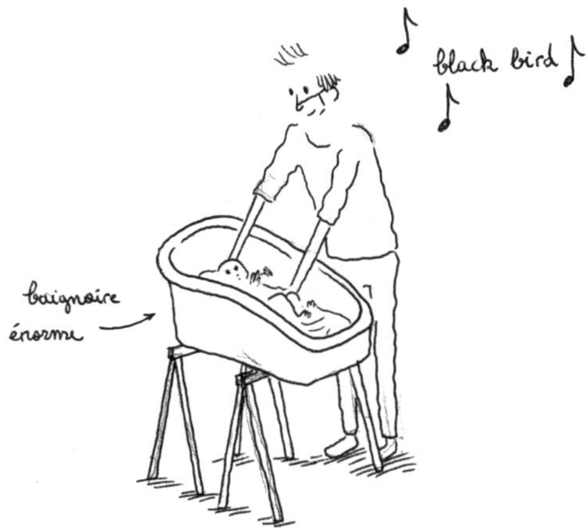

Étrange quand j'y repense, c'était uniquement des chansons qui parlaient d'oiseaux... Mais ça avait l'air de lui plaire. Elle me fixait de ses grands yeux gris.

On a élargi le répertoire avec Claire et on lui chantait des petites chansons avant de rentrer à l'appartement.

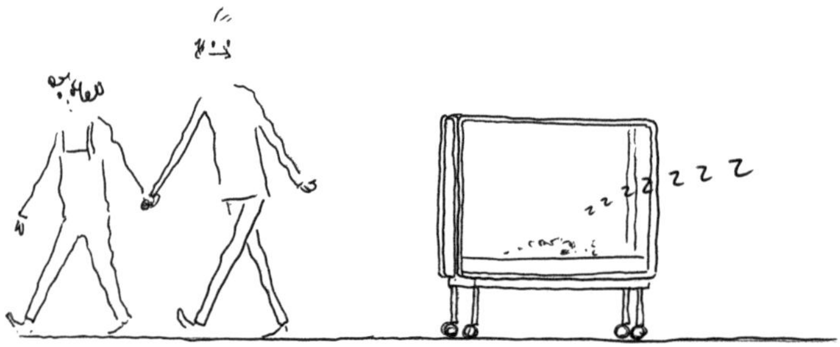

* * *

Les jours se succèdent et Rose redouble d'efforts pour manger, grandir, écouter, regarder.

Ingrid et Amélie sont les deux personnes qui s'occupent le plus régulièrement de Rose. On discute souvent avec elles et on sent que la petite les aime beaucoup. La plupart du temps, quand on arrive le matin, Ingrid lui donne déjà le biberon.

C'est d'ailleurs à cette période que Rose a eu son premier diplôme ! Elle pèse à présent 2,03 kilos et pour l'occasion, on découvre à notre arrivée un petit papier posé sur la table à langer.

~ DIPLÔME DES DEUX KILOS ~

On nous informe que nous allons avoir un rendez-vous avec notre pédiatre référent pour qu'il nous fasse part de la suite des évènements. Nous sommes le 24 décembre et on a qu'une hâte, c'est de rentrer à la maison avec notre fille...

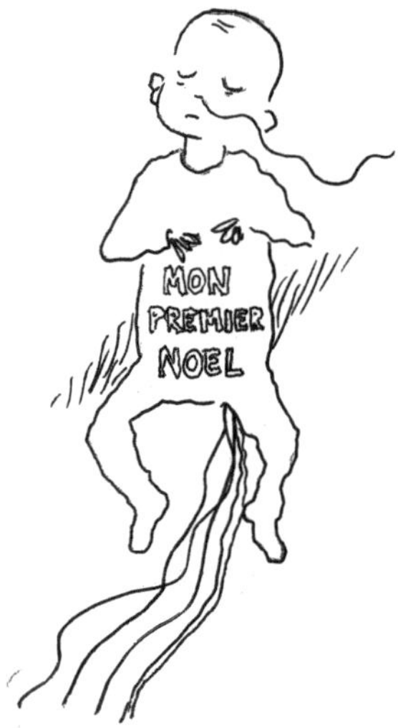

Pour fêter ce jour particulier, on lui a mis un pyjama « Mon premier Noël ». Il est un peu kitch, mais on est super contents de nous.

Le service a fabriqué un petit moulage de ses mains et fait des photos de Rose. À cause du Covid, on nous a toujours interdit d'utiliser nos téléphones dans les chambres des enfants, car ce sont des vecteurs de bactéries et de virus. On a donc eu que très peu d'images de notre fille depuis sa naissance. En cette année particulière, il n'y aura pas de pot de Noël dans l'hôpital. On garde nos masques tout le temps et on essaye par tous les moyens de savoir si on pourra rentrer bientôt tous les trois à la maison. Une jeune maman nous dit que c'est le dernier jour d'hospitalisation de sa fille. Elle rentrera chez elle le lendemain. Une dernière nuit de transition se fera dans une chambre prévue à cet effet, sans machines pour contrôler son état. Elle est stressée mais heureuse...

La fin d'après-midi approchant, on retourne chez nous passer Noël en famille. Les grands-parents sont heureux de pouvoir voir des photos de leur petite-fille. Avec le recul, toutes les photos étaient un peu inquiétantes : il y a des fils partout, les machines, nos masques et nos blouses. On ne nous dira que plus tard que ces photos n'étaient pas très rassurantes. Nous, on ne voyait même plus ces détails alors on ne s'en rendait pas compte.

« Oooh ! Mais ça va la petite ? »
« Oui, super, elle pèse 2 kilos ! »
« Ooooh... C'est bien... »

* * *

Ces fameux détails nous échappaient tellement que nous sommes revenus le lendemain au service de néonatalogie sans nous apercevoir que notre fille nous avait fait une surprise...
J'étais un peu dans le gaz à cause du repas de la veille. J'ai commencé à faire les soins en disant à Claire :

C'est fou! Regarde comme elle a bonne mine aujourd'hui!
Oh oui dis!
BLA BLE BL...
Coucou petit chat! Coucou mon amour!
Tu as bien dormi? Coucou petites mains!
les surnoms débiles prennent forme...

La présence de la pédiatre ne nous a pas rassurés. Au contact du personnel depuis le début de l'hospitalisation, nous sommes bien plus à l'aise avec les autres personnes qui s'occupent de Rose au quotidien. Les pédiatres font des points tous les jours avec les infirmières, mais on les voit peu.

Comme notre fille se porte bien, il n'y a pas de nécessité à ce que nous soyons directement en contact avec les médecins du service.

C'était donc ça... On ne s'en était même pas rendu compte. Et d'où le rendez-vous avec la pédiatre...

Pour cette occasion, la médecin a choisi pour quartier général la pièce qui centralise tous les dispositifs de surveillance des bébés. Nous sommes entrés. Deux sièges se font face.

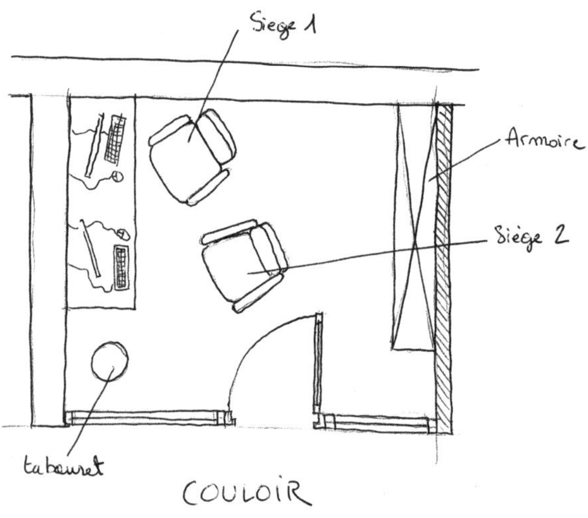

Avant de sortir pour nous laisser seuls avec la médecin, la seule autre personne présente dans la pièce me donne un petit tabouret.

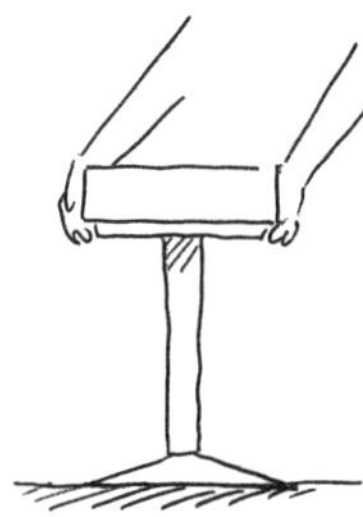

Cette entrevue était assez étrange. Les nouvelles sont excellentes, mais je me suis senti un peu exclu du processus. La pédiatre a souligné le fait qu'une fois sortie du service, Claire serait seule. Je comprends ce qu'elle a voulu dire, mais j'aurais aimé un petit mot sur le fait que nous serions seuls tous les deux, car aucune fois, nous n'avions été séparés depuis que notre fille était à l'hôpital...

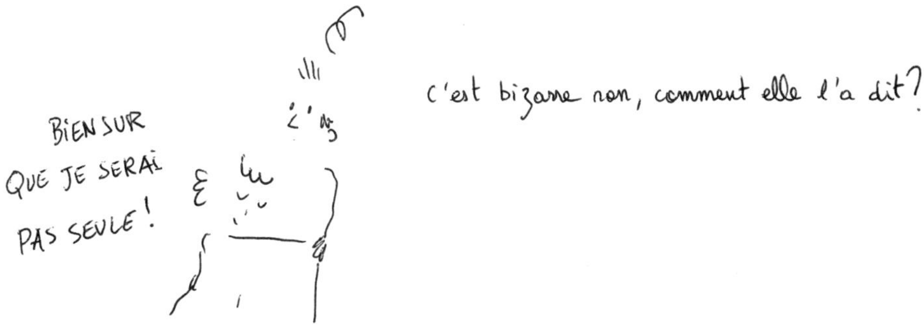

Conscient que le jour J approche à grands pas, nous avons redoublé d'efforts pour les derniers éléments qui manquaient dans la chambre de Rose. Au-dessus de la table à langer, j'ai accroché le dessin que mon père avait fait pour sa naissance et j'ai peint un ciel sur la face intérieure de la porte. On a acheté des couches et des vêtements en plus, ce qui a rendu sa garde-robe équivalente à la mienne alors que je l'alimente depuis des années… J'ai pris aussi le temps de faire quelques dessins pour les infirmières du service, car la tradition voulait que les patients laissent une trace de leur passage pour soutenir et informer les futurs arrivants. Le dessin représente un énorme bébé et la personne qui l'amène dans le service annonce « 1,740 tonnes » ! Je ne sais pas si la blague leur a plu, mais je pense qu'on était obsédés par le poids de notre fille à ce moment-là...

Une jeune femme était arrivée après le départ de Samir et nous avons beaucoup discuté avec elle. Après une césarienne difficile, son bébé devait rester sous contrôle médical pendant quelques jours.

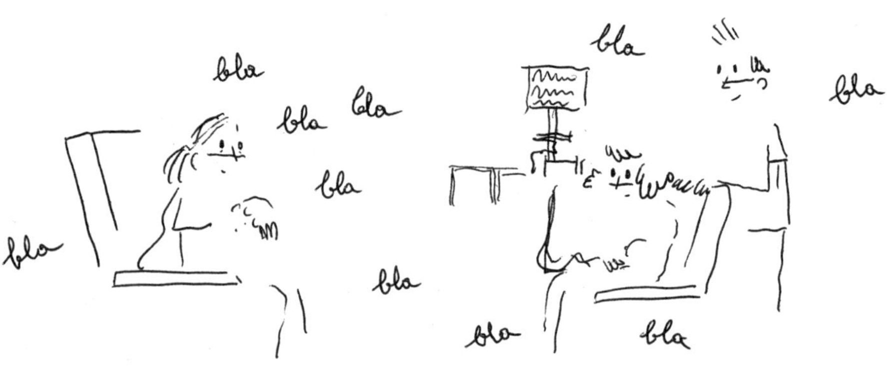

Nous avons parlé de tout et de rien et ça nous a fait du bien. Cette période de confinement, avec l'hospitalisation de Claire et ensuite de Rose, nous avait réellement coupés du monde. Quelques jours plus tard, la jeune femme est finalement repartie chez elle sans qu'on puisse lui dire aurevoir. Un énorme paquet nous attendait dans la chambre.

*   *   *

Le 29 décembre, nous avons été conviés à une réunion d'information.

Il faut d'abord mettre <u>l'eau</u> jusqu'à un des repères, par exemple 120 ml... Ensuite, mettre le lait, une cuillère pour 30 ml...

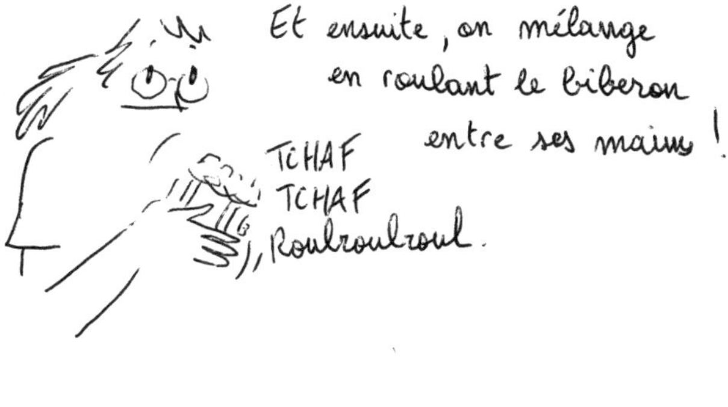

Dans la salle, tout le monde est <u>hyper</u> attentif, mais une question idiote me turlupine :

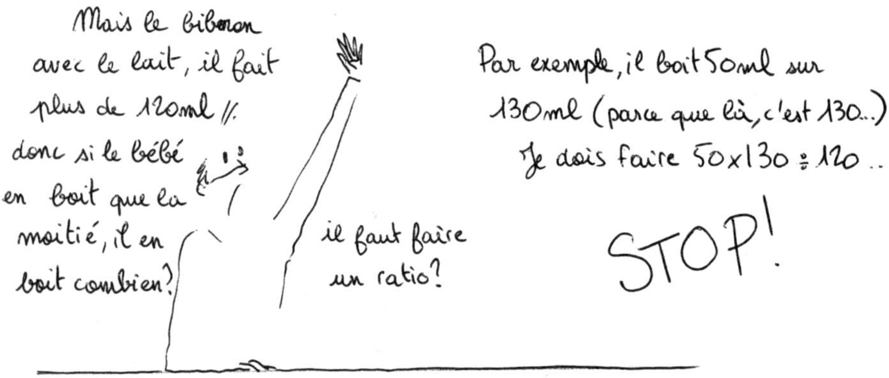

Ce calcul est un vrai truc que je ressasse depuis que j'ai appris à faire des biberons, alors que je suis l'opposé du matheux. Je n'ai pas la moindre idée d'où vient cette volonté de faire des équations avec la nourriture de mon enfant...

À la fin de la réunion, Amélie nous demande de rester quelques instants.

Pour exprimer mon état d'esprit à ce moment-là, j'ai dessiné un petit graphique :

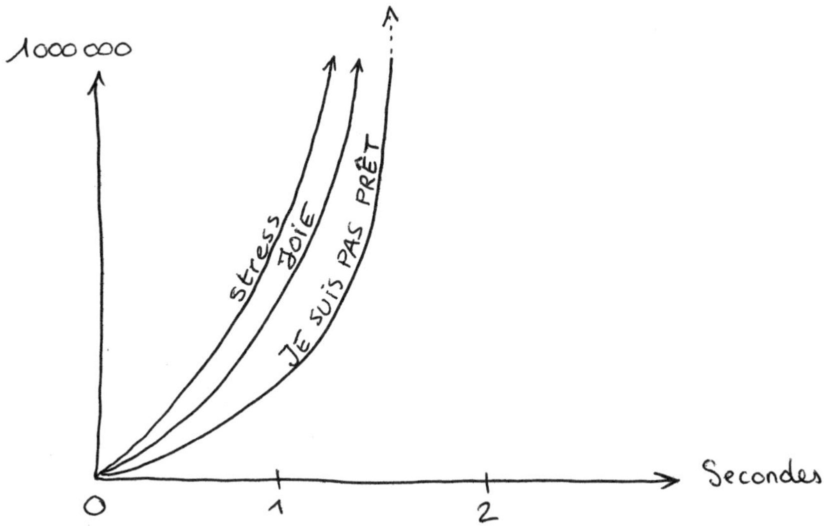

Cela voulait dire que si tout se passait bien cette nuit-là, on serait chez nous pour le Nouvel An, tous les trois. Ce qui impliquait un repas, une toute nouvelle organisation et que pour la première fois, Rose allait découvrir sa maison, sa chambre, juste avec nous, sans médecins ni infirmières ! Mais j'étais vachement stressé...

Le soir même, on est allés chez les parents de Claire qui nous ont gentiment offert notre repas de Nouvel An : une énorme côte de bœuf avec des patates. On a tout bien organisé dans notre tête, j'ai appelé Henri pour qu'il vienne nous chercher le lendemain à la maison et aussi le jour de la sortie de Rose.

Claire a passé huit fois l'aspirateur et le balais. Peut-être qu'inconsciemment, elle avait peur que notre fille soit particulièrement attachée à la propreté et à l'ordre de son nouveau lieu de vie.

Et le soir, avant de s'endormir, on a révisé nos bases.

2 heures du matin

Que faire si...
Qui appelé quand...
Combien coûte...
À quel âge, il faut...
Quelle taille...

Où se trouve...
Endormir le bébé...
Quel lait choisir...

3 heures du matin

* * *

Le 30 décembre...

On n'a pas vraiment dormi...

Ce matin-là, on a été accueillis par la psychomotricienne du service, super sympa, avec un accent du Sud impossible à imiter.

(Accent approximatif d'ambiance...)

Rose, elle, était déjà prête avec un petit body à fleurs qui était trop grand pour elle trois semaines plus tôt.

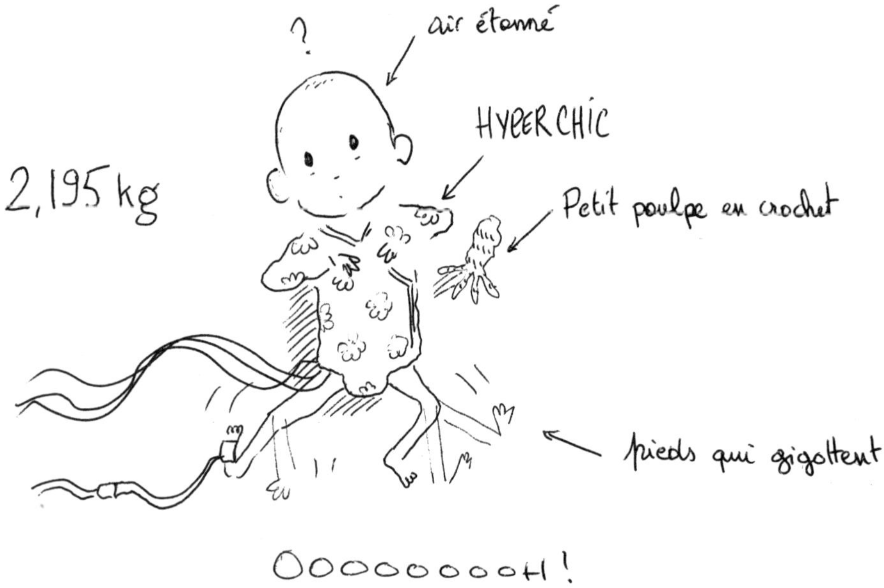

Ooooohhhhh !
« Et maintenant, nous allons faire quelques exercices pratiques. »
Nous avons été très attentifs, car, vraisemblablement, Rose était sujette depuis ces derniers jours à des coliques et il fallait donc connaître les gestes qui pourraient la soulager...

La dernière position était la plus drôle, dite du « Bouddha », ça permet au bébé de relâcher tout son petit corps.

Pour finir, si elle tousse, car elle a avalé de travers ou autre, il faut la « verticaliser ».

L'échéance de la fin de la journée approchait et comme j'allais devoir partir, nous avons déplacé toutes nos affaires dans la chambre de transition. La pièce où Rose était restée trois semaines s'est vidée d'un coup. C'était étrange, car cette période si éprouvante, si stressante, était à présent révolue. L'hôpital était un peu devenu notre deuxième maison, comme si nous allions voir Rose dans son appart... En refermant la porte derrière moi, j'avais un petit pincement au cœur.

La nouvelle chambre de Rose est bien plus austère que la précédente ou que celle de Claire au service de grossesse à haut risque. Elle est seulement décorée avec des porte-manteaux rigolos et des autocollants sur le thème des « Animaux sympas ». Mais la vraie particularité de la chambre réside dans le fait qu'il n'y a pas de lampe de chevet. Donc, s'il y a réveil dans la nuit (et il y aura, c'est sûr), ce sera les spots plein phare de chambre d'hôpital ou la lumière indirecte des toilettes...

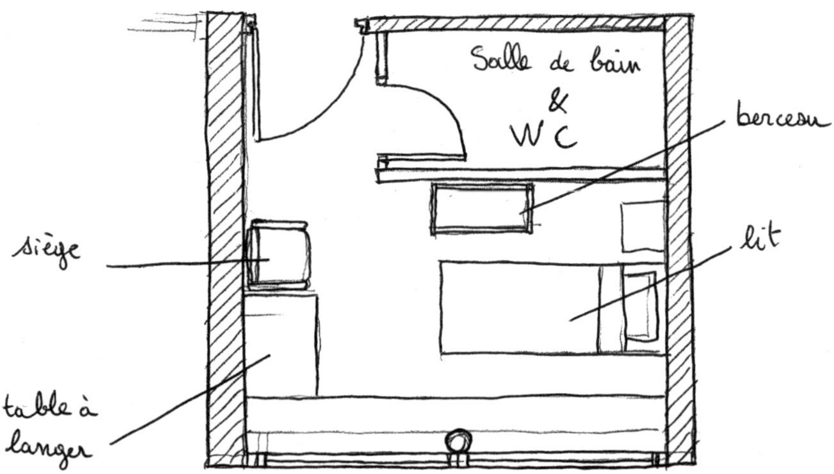

Claire a de toute façon préféré se dire qu'elle n'arriverait pas à fermer l'œil de la nuit...

C'est la dernière soirée de Rose en néonatalogie et cette fois, elle dormira juste à côté de sa mère, sans les bipbips...

* * *

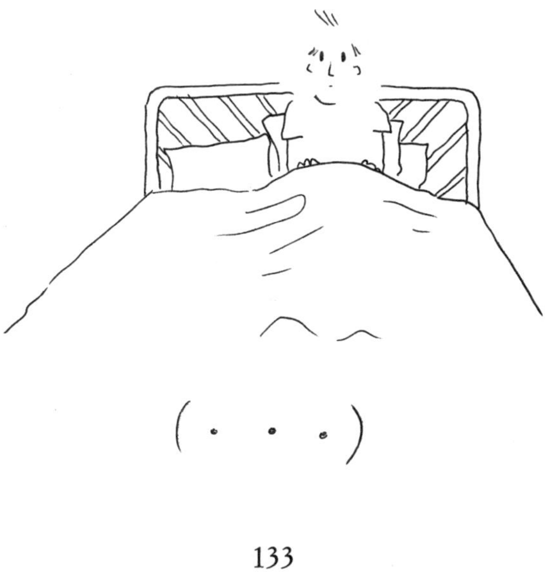

Il est 10 heures du matin, je suis dans la voiture d'Henri avec le cosy hors de prix, flambant neuf qu'on nous a offert. C'est le grand jour ! On sera tous ensemble à la maison aujourd'hui.

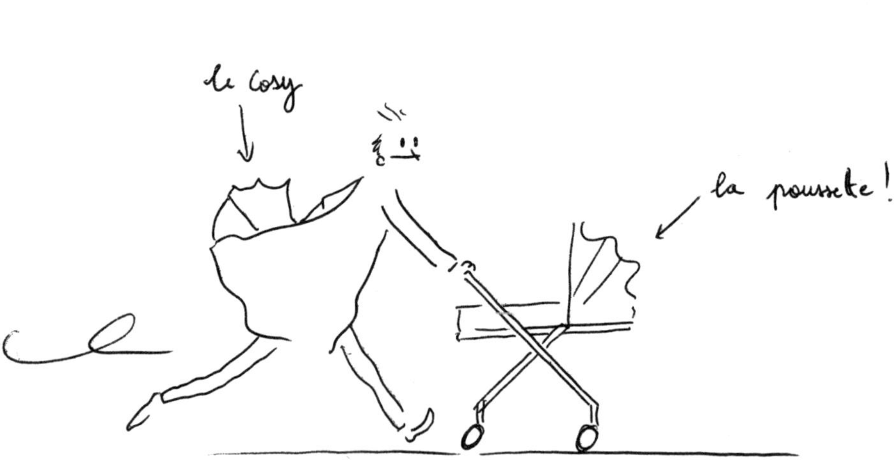

Henri se gare en face de l'hôpital et je fonce au service néonat ! Quand j'arrive dans la chambre, Claire est dans les starting-blocks. Toutes les affaires sont prêtes et l'infirmière est en train de la briefer sur les quinze jours à venir.

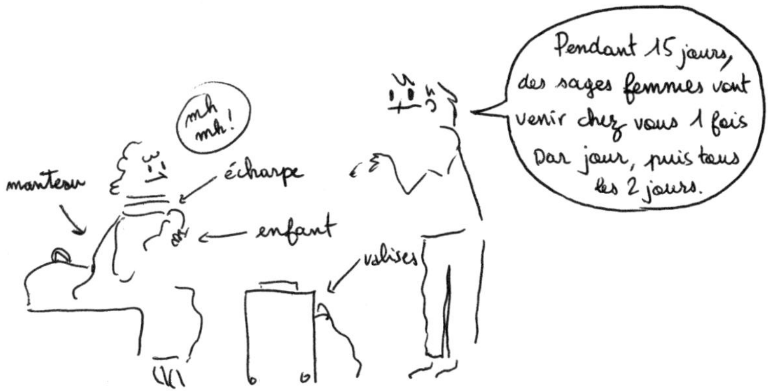

Avant de partir, je dois régler toutes les formalités administratives à l'hôpital et récupérer le papier de sortie de néonatalogie.

Après avoir accompli mon devoir, je suis allé récupérer mes deux tiers !

Rose est installée dans le cosy. On lui a mis une petite combinaison nounours pour qu'elle n'attrape pas froid.

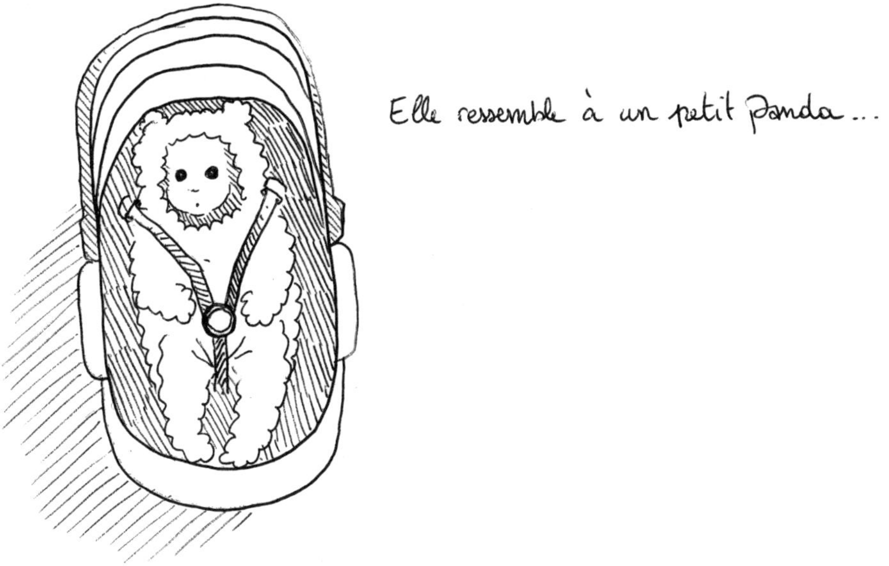
Elle ressemble à un petit panda...

Merci infiniment
Vous avez été formidables...
C'est normal ...
Au revoir Rose
Aurevoir Rose!

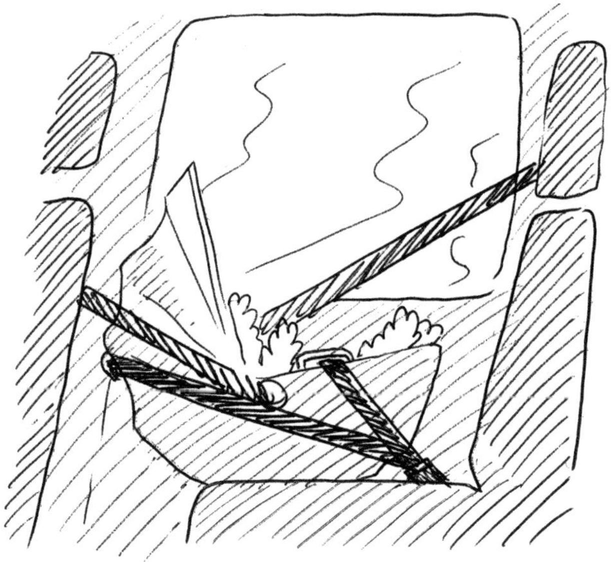

Les grands yeux curieux de Rose fixent le paysage au fur et à mesure qu'il défile. En la regardant, je pense au nombre de fois où j'ai fait ce trajet. À ce confinement où nous avons été tous les trois séparés. À ces moments incroyables où nous avons appris à nous occuper de Rose dans ce lieu hyper-médicalisé. Toute cette période intense d'allers-retours sans jamais s'arrêter se termine avec ce voyage.

Nous sommes le 31 décembre 2020, on rentre enfin à la maison...

TROISIÈME PARTIE

RETOUR À LA MAISON

Le premier voyage en voiture de Rose se passe sans accrocs, elle est réveillée mais sereine. Quand on arrive devant notre immeuble, je me rends compte du nombre de trucs qu'on avait emmagasinés à l'hôpital. On monte tout

et je fonce chercher du lait préma à la pharmacie.

Il faut donc tout ranger une fois dans l'appartement. Pour être tranquilles, on installe Rose dans son vieux nouveau berceau.

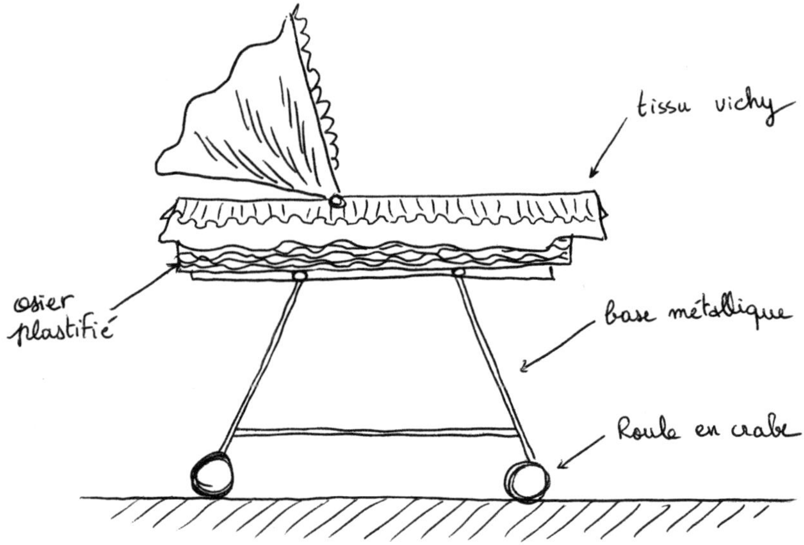

Ce berceau a traversé les générations. Claire l'a eu, son frère aussi et maintenant, notre fille.
C'est difficile, de nos jours, de trouver un objet aussi vintage, kitch et en parfait état. Rose s'y endort tout de suite. Sur les bords du berceau, un petit morceau de tissu dépasse, elle l'entortille autour de ses doigts.

Sa mère nous apprend que Claire faisait la même chose quand elle était petite.

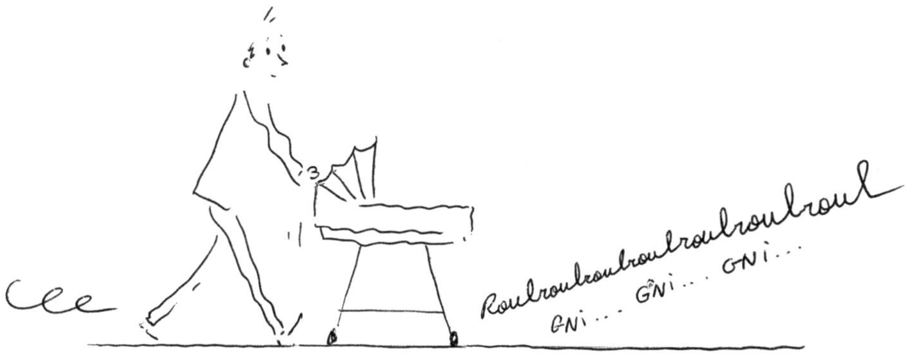

Grâce au berceau à roulettes, on peut emmener Rose dans toutes les pièces de la maison où nous sommes en train de ranger.

Elle est très calme et regarde tout ce qu'on fait avec attention, comme en néonat.

Notre premier coup de fil de retour à la maison !

« La sage-femme arrive à 15 h pour voir si tout va bien. »

Et en même temps, nous allons recevoir un colis avec un nécessaire pour prendre soin de notre fille.

Dans le colis, il y a plein de choses. Pour commencer, une balance de néonatalogie, mais aussi des mini-couches...

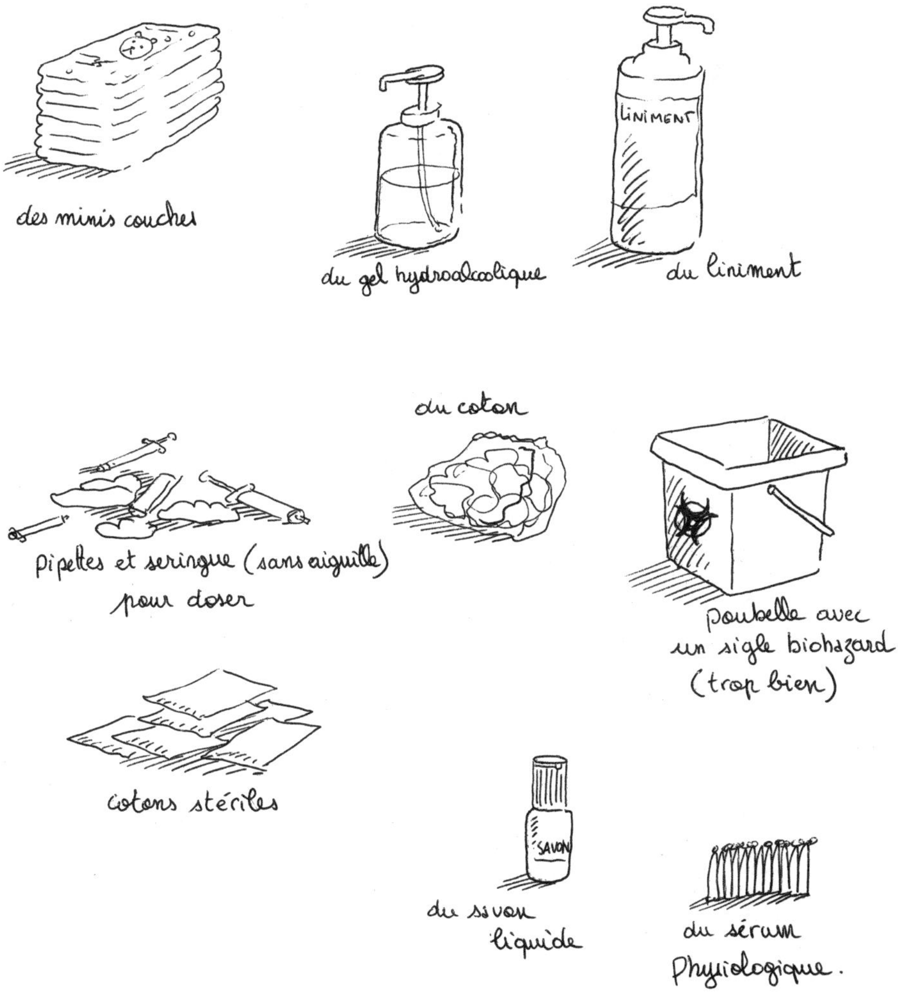

La journée passe à une vitesse prodigieuse et avant qu'on ait le temps de dire « ouf ! », la sage-femme débarque.

Elle pose plein de questions à Claire, regarde Rose et la pèse devant nous... Sur la balance, on se rend compte qu'il y a 70 grammes en moins qu'en néonat : PANIQUE !

« Les balances ont toujours des différences ! nous explique-t-elle. Il faut juste avoir un référentiel de départ et toujours utiliser la même balance pour les pesées suivantes. »

Après son départ, je me mets à cuisiner pour le soir et sors la côte de bœuf du réfrigérateur.

Je me rends compte que la porte du congélateur était mal fermée... Que la dernière fois que je l'avais ouverte, c'était la veille pour ranger la fameuse côte de bœuf... Et que donc cela faisait dix-sept heures que c'était mal fermé... L'intérieur est rempli de neige et je me mets à réfléchir et à tourner le problème dans tous les sens :

Alors je me mets à faire des recherches sur Internet :

– Conservation viande porte congélateur entrouverte mais encore gelé danger ?
– Viande encore gelée mais porte congèle entrouverte neige danger ?
Je cherche pendant une heure...

Heureusement, Claire est bien plus pragmatique que moi !

Finalement, nous ne jetterons pas cette superbe côte de bœuf, par principe déjà, et on ne va pas faire du zèle non plus. Mais depuis ce jour, je revérifie toujours si la porte du congélateur est bien fermée, car l'angoisse de l'empoisonnement qui était déjà très présente pendant la grossesse, s'est reportée sur ma fille. Pendant le séjour en néonatalogie, on nous avait précisé qu'un biberon préparé ne devait pas rester dehors plus d'une heure, et pas plus d'une journée au réfrigérateur. Alors, forcément, ça nous a un peu tendus...

* * *

Le soir du 31, on a préparé le repas, le vin, la musique, bref on était fin prêts pour un réveillon en famille. La seule chose qu'on n'avait pas prévue, c'est que Rose, rattrapée par l'émotion du changement de lieu, s'est vraiment mise à réagir à l'heure du dîner.

Et alors, en jeunes parents consciencieux, on a tout fait pour la calmer pendant

30 minutes

1 heure

1 heure 30

Et après des massages, des techniques diverses et variées, elle a fini par s'endormir quand on s'est mis à marcher en la portant dans nos bras.

Et à 22 h 30, on était lessivés...

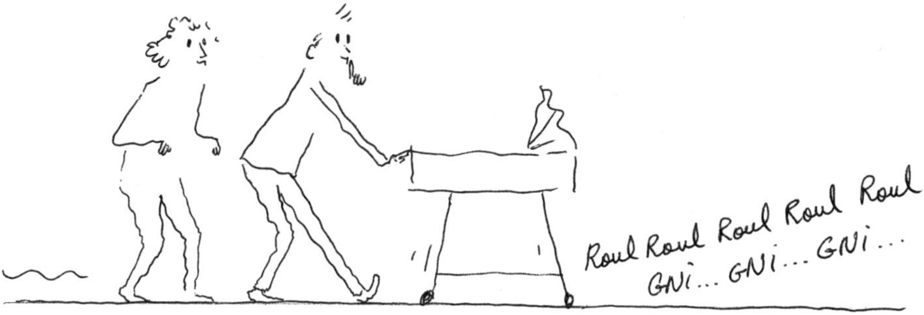

Et comme on nous l'a recommandé, on a décidé de ne pas la laisser dans sa petite chambre, mais de la garder avec nous..

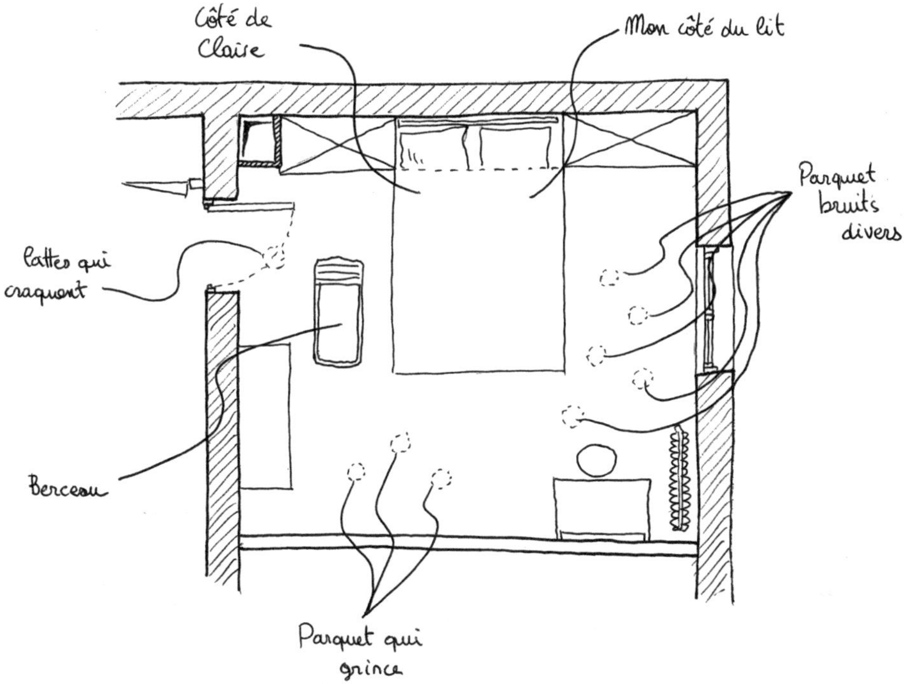

Impossible de dormir, on écoute tous les bruits que produit la petite. En plus, on sait qu'elle se réveille dans peu de temps pour manger...

Comme on a peur de ne pas assez la nourrir, on lui prépare en plus du sein un petit biberon de lait préma. 30 ml...

Elle le boit d'une traite.

Pour les tétées suivantes, on a fait la même chose et chaque fois, elle a tout bu. Ça nous rassurait, mais Claire a encore plus douté de sa production personnelle...

On va en parler à la sage-femme.

* * *

Le rendez-vous avec la sage-femme a été lunaire.

La phrase ultra culpabilisatrice...

Cette situation m'a mis dans une rage folle. L'allaitement avait été dès le début assez compliqué. Claire avait été suivie avec bienveillance à l'hôpital et là, on lui imposait un stress supplémentaire.

Sur les bons conseils de la sage-femme, Claire a redoublé d'efforts pour stimuler sa lactation. En dehors des tétées avec Rose, elle s'est mise à utiliser en parallèle le tire-lait tandis que je donnais des biberons.

Déjà qu'elle ne dormait que trois heures par nuit, cela devenait insoutenable.
La nuit suivante, vers 2 heures, j'ai récupéré Rose dès son réveil sans un bruit. Je lui ai donné le biberon et j'ai réussi à la rendormir dans le salon.

De peur de la réveiller, je suis resté sur le canapé avec elle et j'ai regardé une série improbable avec des jeunes qui font du karaté. Sans son, mais sous-titrée. Je me suis laissé absorber par le scénario somme toute assez faible mais particulièrement haletant pour une personne en manque de sommeil et d'activités extra domestiques.

Vers 4 heures, je suis revenu discrètement dans la chambre avec Rose, mais un bruit caractéristique m'a indiqué que ma moitié ne dormait plus.

Il est 4 h 30 et je mets 10 ml de lait au réfrigérateur.

Dans la chambre, Rose s'est endormie sur Claire qui dort aussi.

Je recouche la petite dans son lit.

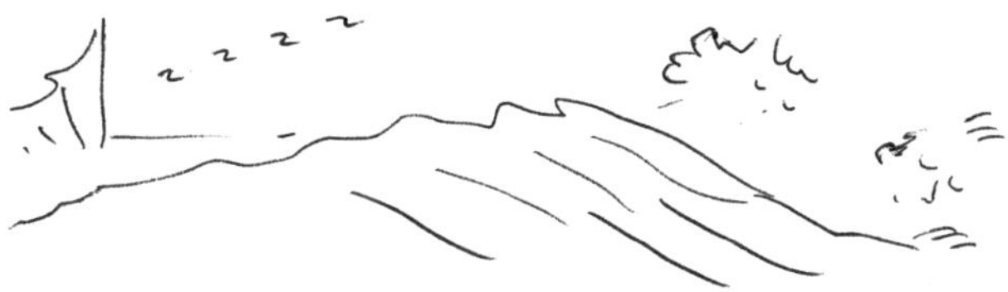

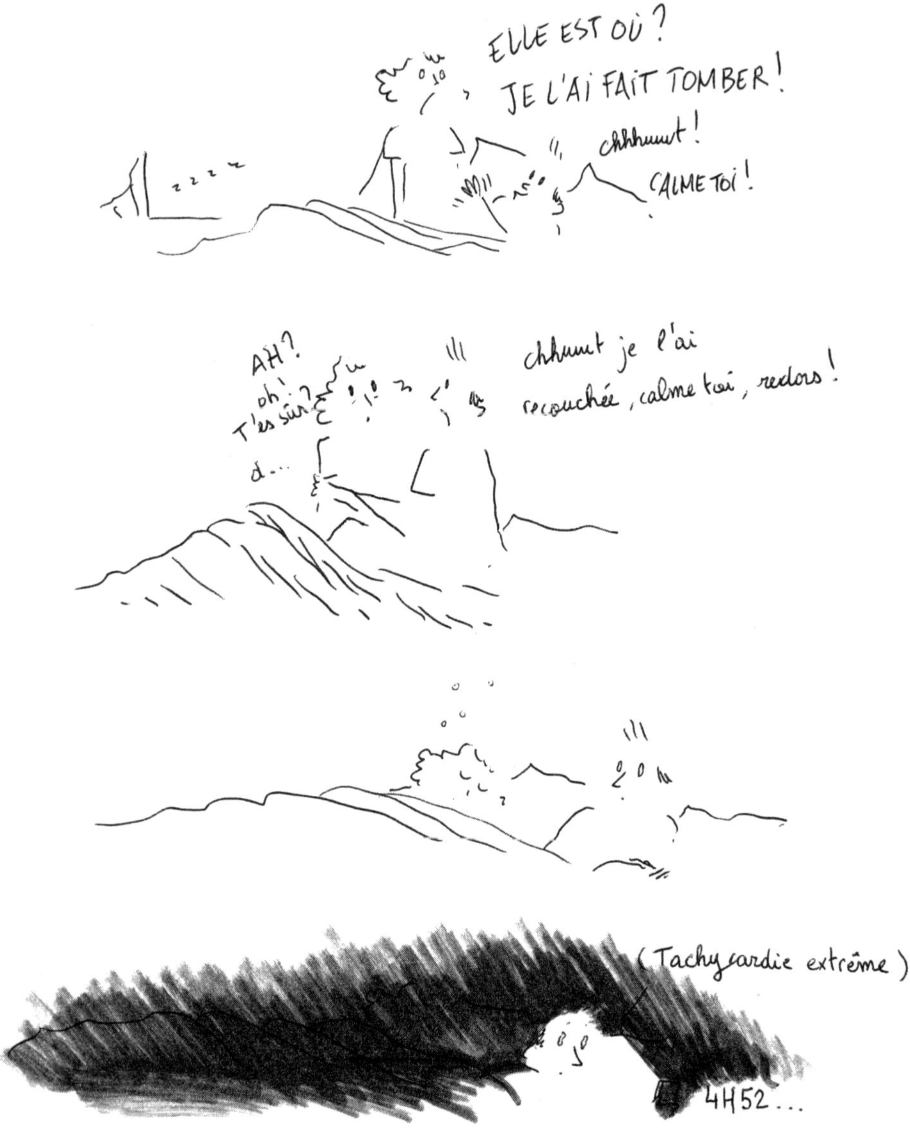
ELLE EST OÙ ?
JE L'AI FAIT TOMBER !
chhhuuut !
CALME TOI !
AH ?
oh !
T'es sûr ?
d...
chhuuut je l'ai recouchée, calme toi, redors !
(Tachycardie extrême)
4H52...

* * *

Le nouveau rendez-vous avec la sage-femme allait être décisif, car au réveil, Claire était encore exténuée.
Après un bon petit-déjeuner, on est allés se promener avec la poussette, histoire de s'aérer un peu.

Une autre sage-femme allait venir plus tard à cause d'un planning chargé.

Ouh, il fait bon chez vous !
Chauffage collectif héhé..
AAR?
Je prépare des cafés...
Alors, je vous pose quelque Questions...
Vous dormez bien ?
Pas trop non...
bébé dort ?
oui... enfin...
Vous allaitez ?
oui, je... enfin
BROOOOOON
Glou
Glou
Glou
Je fais un allaitement mixte avec du lait pour prématuré
J'ai pas beaucoup de lait et ça m'épuise donc on a décidé de faire ça...

C'était le dernier passage de l'accompagnement post-néonatalogie. À partir de ce moment-là, on a commencé à être plus autonomes dans nos décisions. Claire a laissé tomber le tire-lait au bout de trois jours et fait des tétés deux fois par jour. J'ai pris le relais la nuit. Dans le même temps, les coliques de Rose se sont intensifiées, donc après ses biberons, c'était compliqué de la rendormir. La seule technique efficace que j'ai trouvée, c'est de faire les cent pas dans l'appartement.

L'autre truc qu'on a déniché pour l'apaiser, c'est un cadeau de sa grande cousine, une espèce de petite radio qui fait plusieurs bruits.

(On dirait une boîte à meuh, mais non...) Celui que Rose aime particulièrement, c'est le bruit du cœur. Alors on met la petite radio dans son berceau et elle se rendort (ça ne marche pas chaque fois).

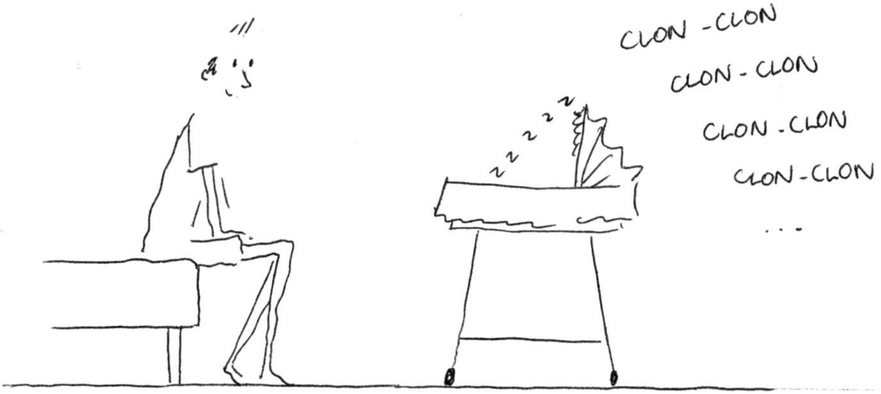

Pour avoir entendu ce son pendant des dizaines d'heures, j'ai fini par avoir une tout autre perception du battement de cœur… En pleine nuit, alors que Rose s'était endormie, je me suis rendu compte que ça ressemblait à des pas de cheval dans la neige…

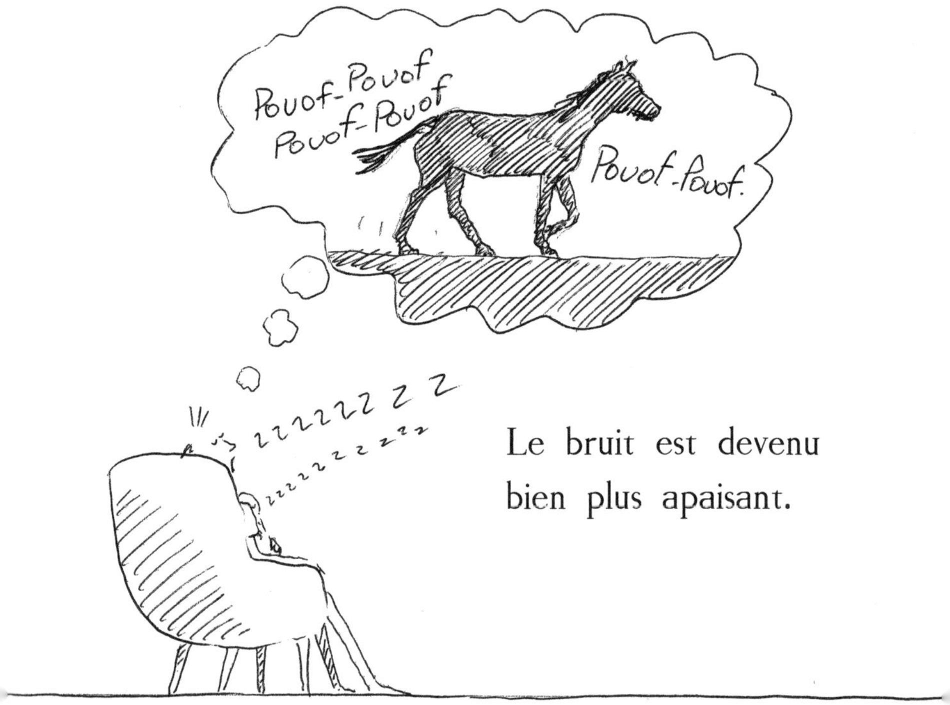

Le bruit est devenu bien plus apaisant.

* * *

Rose est née depuis quarante jours. C'est la fin de mon congé paternité.

J'ai laissé mes deux tiers pour retourner travailler… Depuis que Rose est née, je n'ai pas remis les pieds dans le métro. La pandémie est toujours présente et bien plus agressive, car la lassitude des contraintes sanitaires a démultiplié les transgressions.

Je me replonge dans le boulot assez rapidement, même si mes pensées sont tournées vers Claire et Rose.
Claire m'envoie plein de photos. Le groupe téléphonique de ma famille est dédié aux deux bébés qui, à notre grand regret, ne se sont pas encore rencontrés. Ma nièce a un an et en temps normal, elle aurait déjà vu sa cousine. Le Covid a tout bouleversé. Le ressenti de nos filles face à cette situation sera certainement très différent du nôtre, car elles n'ont connu que ça. Cette réflexion revient dans toutes nos conversations.
À la fin de ma journée, je rentre rapidement à l'appartement pour entendre, avant même d'ouvrir la porte, la petite hurler.

C'étaient les coliques... Comme elle mangeait beaucoup plus, son ventre la faisait souffrir et hormis les massages et quelques trucs aux plantes, il n'y avait pas grand-chose à faire. Malgré la fatigue, on remarquait tout de même une différence dans les pleurs de Rose. Elle commençait à faire de nouveaux sons : des « mmh » et des « ouins » alors que jusqu'à présent, cela s'apparentait plus à des cris.
Les jours se succédaient et comme je voyais moins Rose, je me rendais vraiment compte de son évolution ! Son regard, ses mouvements, les sons qu'elle faisait s'amélioraient quotidiennement.

Elle grandissait à vue d'œil et Claire a voulu qu'on essaye une nouvelle gigoteuse.

Une des choses qui m'angoissait énormément à ce moment-là était qu'elle commençait à bouger de plus en plus dans son berceau et donc dans sa gigoteuse.

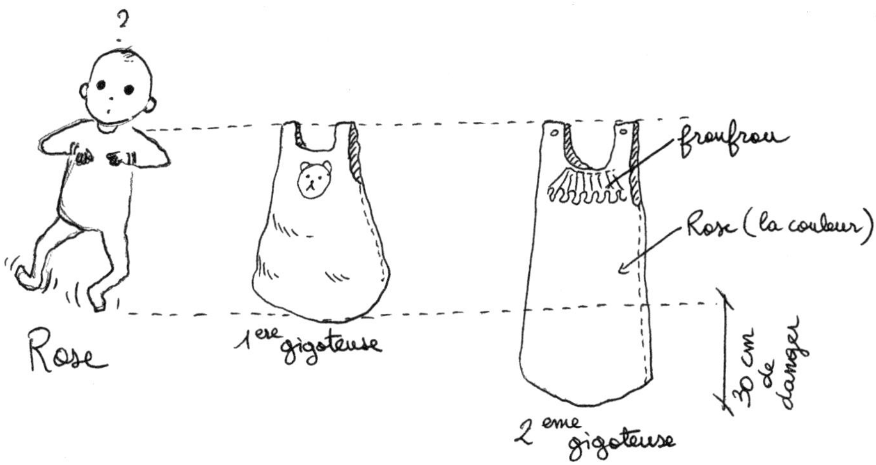

Quand on couche Rose, elle remue ses jambes et ses bras et au bout de cinq minutes, elle glisse vers le bas.

Avec l'ancienne gigoteuse, aucun problème, mais avec la nouvelle :

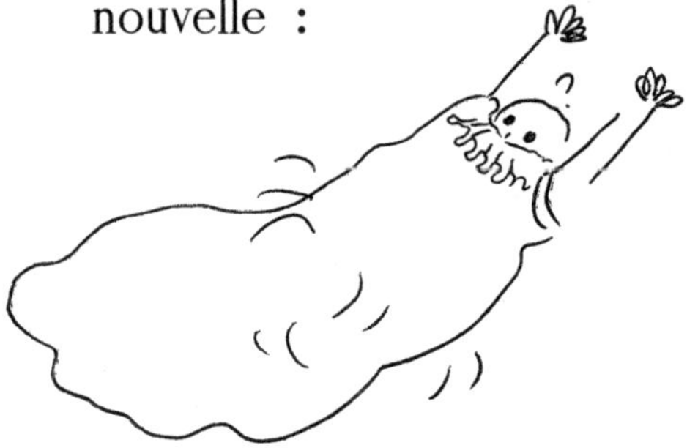

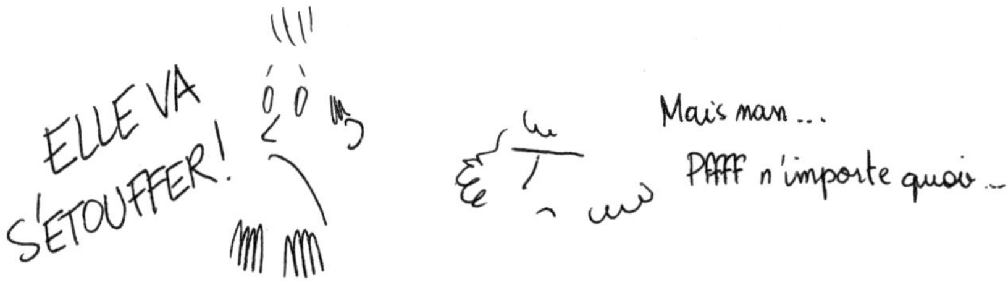

Nuit suivante

J'ai donc dû trouver des techniques pour me rassurer et m'endormir.

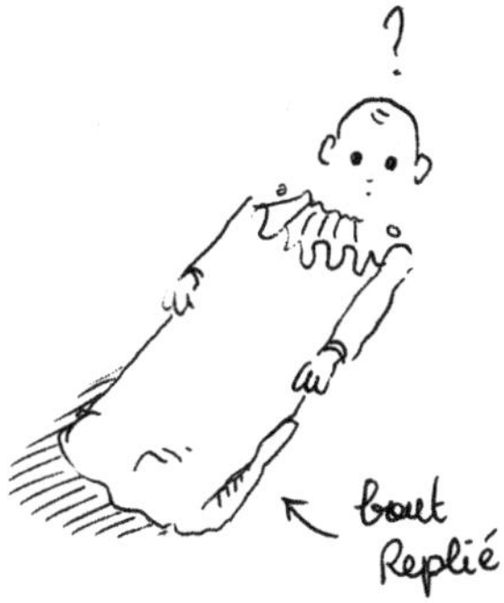

Le fait est que le lendemain, elle se réveillait toujours avec la gigoteuse par-dessus la tête. En réalité, il aurait fallu que la gigoteuse soit en plastique pour qu'il y ait un quelconque danger, mais impossible de rationaliser. La fatigue m'a finalement vaincu au bout de quelques jours.

* * *

Après toutes ces craintes, ces questionnements et cet apprentissage, Rose a bien grandi et on a fini par faire venir des copains et de la famille à la maison. La pandémie s'était calmée, nous avions donc un peu plus de liberté.

Une fin d'après-midi, des amis viennent prendre l'apéro à la maison. Pour la première fois, la petite se retrouve entourée de personnes qu'elle n'a jamais vues.

On était un peu convaincus que ça serait compliqué, qu'elle aurait peur. Au contraire,

elle fixait tout le monde comme à son habitude.
À la radio passe un vieux reggae que j'aime bien alors je commence à danser avec Rose.

Et là, c'est fou ! Elle me sourit !

Alors depuis, c'est notre principale préoccupation.

Et elle nous sourit tout le temps.

* * *

Comme elle a bien grandi, nous avons commencé à nous dire qu'il était peut-être temps de la laisser dormir dans sa chambre. Nous nous sommes donc renseignés sur des méthodes diverses pour habituer Rose à dormir seule ; pendant la sieste, puis, si ça fonctionnait, pendant la nuit.

Une des méthode consiste à laisser le bébé par palier de secondes puis de minutes et ainsi de suite jusqu'à ce que, rassuré, il s'endorme immédiatement sans aucun problème.

La méthode précise aussi qu'il ne faut rien dire de négatif au bébé lorsqu'on vient le voir entre les paliers pour ne pas qu'il se sente en danger. Par exemple, on ne dit pas : « N'aie pas peur, papa et maman sont là. » (Parce que ça pourrait signifier : « Si on est pas là, par contre, c'est la merde ma petite ! ») Mais on peut dire : « Maintenant, tu vas faire un gros dodo et quand tu te réveilleras, tu pourras jouer avec papa et maman et ce sera génial. »

La vérité, ce que la méthode sous-entendait (c'est mon interprétation), c'est que, de toutes façons, vous auriez votre enfant à l'usure.

Au bout d'une heure...

À force d'essais acharnés, nous avons enfin réussi à la faire dormir dans son nouveau lit. Et pour nous rassurer, nous avons branché le babyphone dans un coin de sa chambre, au cas où... Sauf que le problème n'était plus le sommeil de notre fille, mais nos insomnies qui ont suivi.

* * *

En parallèle de ces nouveautés, Claire a finalement repris son travail et il était indispensable qu'on trouve un moyen de faire garder Rose dans la journée. Un couple d'amis, dans la même situation que nous, nous a proposé de prendre une nounou pour nos deux enfants, grâce à un système de garde partagée. Le concept était extrêmement obscur, mais nos amis, ayant déjà eu des enfants avant, nous ont épaulés pour qu'on comprenne et surtout qu'on ait confiance.

Le matin donc, nous déposons Rose chez eux et la nounou garde les deux enfants jusqu'au soir où nous revenons la chercher.

C'est là que nous nous sommes dit que l'autre petite fille était particulièrement grande, que c'était même un peu une géante !

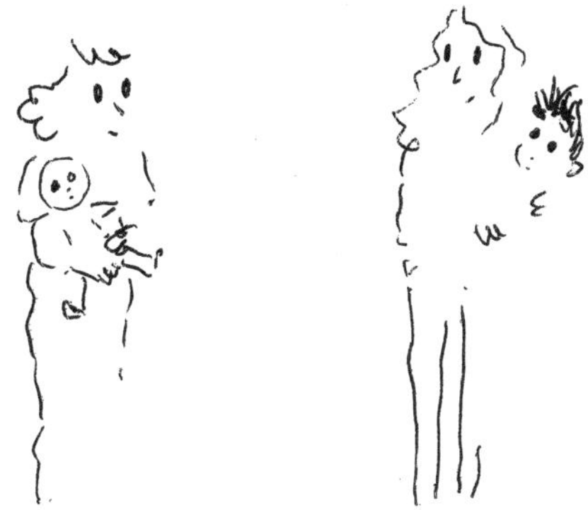

Et en fait, non. C'est Rose qui est plus petite car prématurée. C'est drôle, car nos amis ont aussi pensé que leur fille leur paraissait vachement grande. Mais très vite, la différence a disparu, pas seulement en taille, mais aussi dans tous les trucs de bébé qu'elles faisaient. Et une chose en amenant une autre, la fille de nos amis ayant commencé la diversification alimentaire, nous avons donc voulu nous y mettre aussi. Avec l'accord de notre pédiatre, nous avons pu ouvrir les horizons gustatifs de Rose avec une purée de courgette... Un met particulièrement puissant et complexe qui n'eut pas un impact particulier sur elle...

Devant autant d'intérêt, on a essayé plein de légumes : carottes, panet, patate douce, butternut. Elle aime tout ! Tellement d'ailleurs qu'on est obligés de faire attention à ce qu'elle ne mange pas tout ce qui passe à sa portée.

La machine est lancée, et Rose s'imprègne de son environnement.

* * *

On fait des petites visios avec la famille qui n'en peut plus de ne presque pas la voir.

On est complètement secondaires lors de ces entretiens téléphoniques. Ils nous parlent comme si c'était Rose qui avait passé le coup de fil.

Pour nous aider, la mère de Claire et son frère viennent, dès que possible, garder Rose pendant nos jours de télétravail. Ça nous rassure et ça permet à notre bébé de mieux connaître sa famille.

Mes parents sont beaucoup plus loin, mais ils viennent tout de même de temps en temps pour la garder aussi. C'est fou, mais à cause de la pandémie, mes parents ne l'ont vue que très peu, alors qu'on est normalement très souvent ensemble.

Même mes frères ne l'ont vue que deux fois à cette époque-là. D'ailleurs, anecdote rigolote, comme nous avons presque la même voix, Rose a été très troublée les premières fois qu'elle les a rencontrés.

C’est certainement grâce à toutes ces réunions familiales qu’un évènement attendu par tous jeunes parents s’est produit.

* * *

Rose a six mois à présent et elle dort toute la nuit. Les coliques se sont arrêtées aussi vite qu'elles sont venues et nous avons décidé de partir en vacances. Pour commencer, ce sera en Normandie, chez mes parents. Pour la première fois, nous allons prendre le train avec elle.

La hantise des passagers est de se retrouver à côté de gamins qui hurlent pendant tout le trajet. Et ça peut se comprendre... Nous nous sommes donc fixé comme objectif de faire le moins de bruit possible.
La réservation que nous avons prise est dans un coin de wagon pour pouvoir, si la situation s'envenimait, sortir rapidement sur la passerelle.

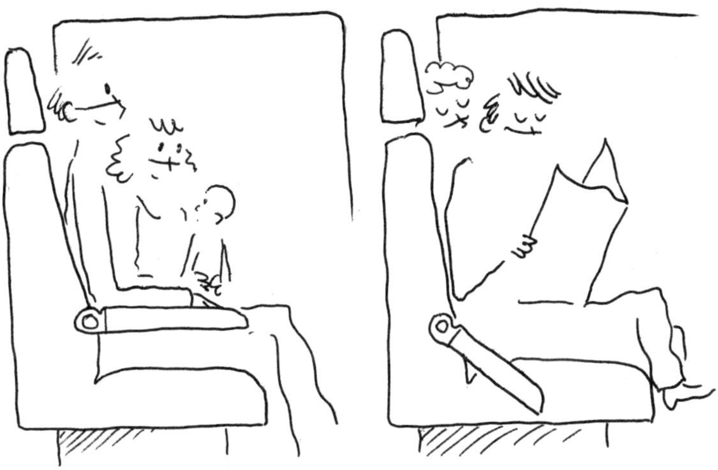

Le trajet (trois heures) peut être vraiment pénible si le train est bondé. Heureusement, le train tôt le matin n'est pas complet, chacun peut prendre ses distances. Une fois à nos places, je vois une dame qui vient s'asseoir à côté de nous. Rose, hyper contente, se met à raconter des trucs de bébé.

La dame aperçoit Rose, fait mine de s'être trompée de place et va à l'autre bout du wagon.

Nous, ça nous fait un peu marrer, parce que Rose la suit du regard avec son air étonné. Nous étions loin de penser que la dame avait été particulièrement bien inspirée de changer de place...

Pendant une bonne partie du voyage, Rose a été particulièrement turbulente, ne comprenant pas pourquoi on restait aussi longtemps au même endroit.

Alors, on s'est mis à faire les cent pas à tour de rôle dans le train pour qu'elle se calme. Mais c'est un bébé, elle n'en a rien à faire, elle veut que ça s'arrête... Au bout d'une heure, les voyageurs se divisent en deux camps.

les compréhensifs...

les autres...

Le pire, c'étaient les regards assassins...

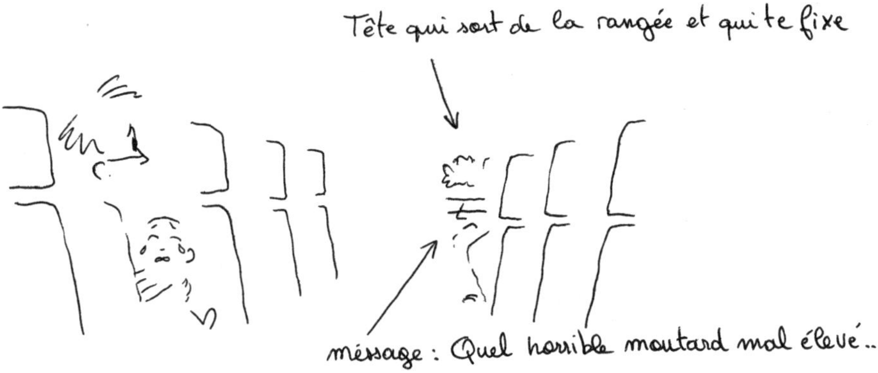

Au début, tu te sens désemparé, tu te dis « merde, qu'est-ce que j'ai fait de mal ? », « les gens me détestent, alors qu'elle est trop chou, ma fille... »
Et au bout du dixième regard accusateur, tu fixes la personne avec une seule envie, c'est

de lui dire : « Bah, ouais, ducon ! C'est un bébé ! Elle en a ras le cul du train, elle est fatiguée ! Et plus tu nous regardes, plus tu nous stresses et plus la petite crie ! »

Une fois dans la voiture de mes parents, elle s'endort immédiatement.

Pour fêter les nuits de Rose, on a décidé de la laisser avec mes parents et de se faire une virée en amoureux dans un petit hôtel près de chez eux. (Pour ne pas être trop loin de notre bébé quand même...)

Il n'est pas loin de 17 heures quand on arrive à notre hôtel. On passe un coup de fil aux parents.

Cela faisait tellement longtemps que nous ne nous étions pas baladés tous les deux sans que Rose soit avec nous. La mer, le vent, tout nous paraît exaltant, et nous sommes très rassurés de savoir que notre bébé est avec mes parents... D'ailleurs, on se dit à ce moment-là qu'on pourrait les appeler, juste pour savoir si tout se passe bien...

Bon, de toute façon, il est bientôt l'heure de notre réservation. On retourne dans notre chambre et on réessaye de les appeler.

Le restaurant est super, et on mange quelque chose de très bon, mais on n'arrive pas à se détendre réellement. En rentrant du restau, il est un peu tard, je n'ose pas appeler. De toute façon, il est 21 heures passées, et Rose s'endort à 19 heures.
On est tellement fatigués qu'on se couche peu de temps après, pour sombrer en quelques minutes.

On se réveille vers 8 heures et la première chose qu'on fait, c'est de téléphoner à mes parents.

Le petit-déjeuner passé et après une bonne ballade, on rentre retrouver mes parents et Rose. Sur le pas de la porte, mes parents nous attendent, tout sourire, avec elle.

Rose n'a pas voulu s'endormir avant 22 heures ! Et après avoir pleuré pendant tout ce temps, elle a eu le hoquet toute la nuit. Alors mes parents n'ont pas dormi, car ils étaient anxieux. Ils ne nous ont pas appelés pour ne pas nous inquiéter. (De toute façon, il n'y avait pas de problème.) C'était la première fois qu'on la laissait une nuit depuis le séjour en néonatalogie et ça a dû la troubler qu'on ne soit pas là. Malgré ça, elle a quand même passé un super moment, car à l'heure de partir pour rentrer chez nous, elle avait l'air un peu triste de quitter ses grands-parents.

Le retour à Paris est plus calme que l'aller et on rentre à l'appartement sans problème. Un jour, quelqu'un m'avait dit qu'un bébé, c'est comme un vieux, il n'est pas plus heureux que quand il est chez lui avec ses affaires.

Quand on est arrivés à la maison, Rose était hyper contente, elle a tendu ses petits bras vers ses peluches en remuant très fort ses pieds (c'est un signe de grande joie).
Ce qu'elle ne savait pas, c'est que le lendemain, nous allions prendre un nouveau moyen de transport : l'avion pour partir au Portugal...

* * *

L'avion est pour moi quelque chose de très stressant. Ça commence en général deux jours avant au cours desquels j'essaye de rationaliser le fait que c'est le moyen de transport le plus sûr du monde... Mais ça ne marche pas.

C'est comme un chat qui va chez le vétérinaire (ou un chien, c'est pareil). L'animal sait qu'il va dans un lieu hostile avant même d'avoir franchi la porte de son médecin traitant. Et une fois dedans, ses petits yeux sont remplis d'angoisse...

Je suis exactement pareil. En temps normal. Là, c'est le premier vol de Rose. Claire est super détendue, car elle prend l'avion pour aller voir sa famille depuis qu'elle est petite.

Et bah alors qu'est ce qui se passe mon gentil minou ! Oh lalaaaa !
Coincé
MEOOOW MiAEEWN*
* (TU PEUX PAS ME FAIRE ÇA, MONIQUE, LAISSE MOI PARTIR)

Odeur du cabinet vétérinaire
Tremble
Ne dit plus rien...

Adieu monde cruel...

Là, j'essaye de faire bonne figure, car si je craque et que Rose sent mon angoisse, ce sera le vol le plus long de l'histoire de l'aéronautique...

... Attention au décollage ...

— TUM —
Alors ça c'est fou !
zzzz
en 30 secondes, Rose Roupille...

CLONK... NOUS ALLONS ENTRER DANS UNE ZONE DE TURBULENCES...
crispation
crispation
imperturbable
CLONK
CLONK

Et alors, c'est drôle, mais de la voir dormir comme ça, ça m'a vraiment calmé.

J'ai même pris le temps de la dessiner, c'est dire !

Au moment de l'atterrissage, elle a commencé à ouvrir tranquillement les yeux, sans s'énerver. Premier vol réussi donc. Peut-être que le fait de ne pas voir le paysage défiler lui avait fait moins peur ? Ou alors le fait d'être dans un endroit aussi neutre lui avait engourdi les sens.

L'arrivée dans le hall de l'aéroport avait l'air de bien plus l'intéresser. Elle regardait les gens discuter avec des interrogations plein les yeux. Il faut dire qu'elle n'avait jamais entendu que ses grands-parents parler portugais.

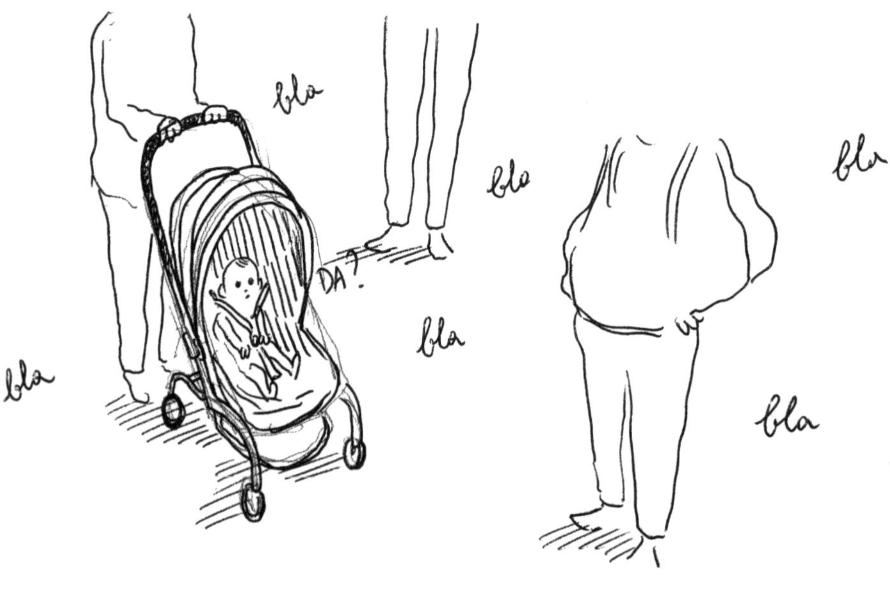

Le père de Claire est venu nous chercher.

Ce qui a fait drôlement plaisir à Rose. Elle était en quelque sorte à la maison.

* * *

La tradition familiale veut qu'on profite au maximum du soleil et force est de constater que Rose et moi étions tout de même repérables à des kilomètres à cause de notre teint Aspirine/Doliprane.
Nous avons dû mettre Rose sous un parasol pour nos sorties à la plage et lui appliquer

de la crème indice 812 pour la protéger, ce qui l'a rendue encore plus pâle...

Le summum de l'ensoleillement a été lors d'un repas dans le propriété de l'oncle de Claire. Même sous le caroubier (donc à l'ombre), notre pauvre petite fille suait à grosses gouttes ! Alors, nous avons employé une solution radicale :

Pour le dessert, il y avait deux grosses pastèques pour se rafraîchir et j'ai eu une idée lumineuse : « Et si on faisait goûter à Rose ? »

Tiens, goûte ma chérie !
GNAP
ELLE A ATTRAPÉ UN MORCEAU LÀ, DANS SA BOUCHE !
C'est rien Odilon, c'est tout mou !
CRACHE MA CHÉRIE ! CRACHE C'EST TROP GROS !!

J'ai passé cinq minutes à essayer de lui enlever le morceau de la bouche et elle me regardait en souriant, avec ses petites mâchoires de pitbull résolument fermées.

J'ai finalement réussi à lui extirper le morceau, toujours intact après tout ce temps. Autour de la table, tout le monde se foutait un peu de ma gueule.

Je n'ai jamais compris le déclic qui fait qu'un bébé peut, à un moment donné, manger quelque chose de solide. Est-ce les dents ou encore la mâchoire ou la langue ? Mais là, Rose était à la limite de savoir mâcher. C'était donc pas très dangereux. Je pense que, plus encore qu'elle, c'était moi qui n'étais pas prêt. Les jours suivants, on a réessayé de lui donner des petits morceaux.

Elle les a suçotés, mâchouillés, et finalement, tout s'est bien passé, sauf...

Le soir dans son bain, on a regardé plus précisément et comparé avec des photos de piqûres sur Internet. Comme nous rentrions le lendemain en France, nous n'avions pas le temps d'aller chez le médecin, alors on s'est rendus dans une pharmacie.

On a donc repris l'avion sereins. Et le voyage s'est passé comme à l'aller.

* * *

La nuit ne fût pas géniale. Rose était fiévreuse et n'arrêtait pas de se réveiller. C'est seulement à la lumière du matin qu'on s'est aperçus que le pharmacien qu'on avait consulté n'était vraiment pas entomologiste, mais qu'en plus, il n'avait jamais eu d'enfants...

C'était la varicelle !
Des petits boutons comme des petites cloques rouges, c'est pas des piqûres

d'araignée. On ne sait pas du tout comment elle a pu choper ça. Peut-être dans l'avion, mais on ne connaîtra jamais la vérité.
Elle a donc quelques jours de varicelle « profuse » et des boutons pendant trois semaines. Comme nous l'a précisé le pédiatre, au moins, ça, c'était une bonne chose de faite. Le retour de vacances ne fût pas très joyeux pour elle. Et notre inquiétude a été vive à cause des cicatrices qu'elle avait sur tout le corps, comme de petits cratères.

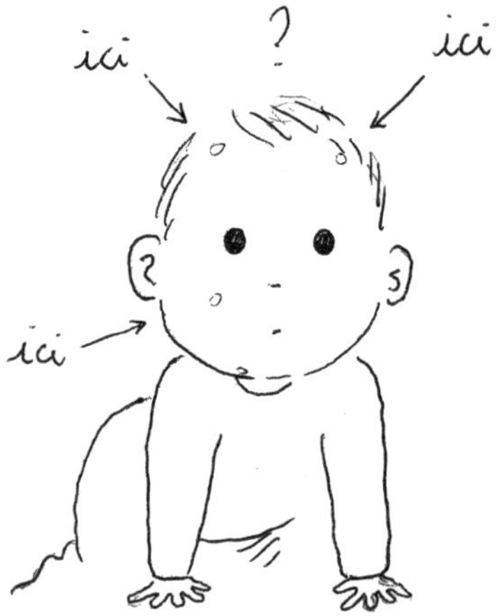

Heureusement, avec le temps, c'est passé. Seule une petite tache plus claire subsiste sur son menton. Les bébés sont bien plus résilients que nous en fin de compte. Et tous les soucis de la varicelle ont finalement été supplantés par les rhumes, les conjonctivites et les gastros...

Qu'on a chopés nous aussi.

Le mouche-nez (la hantise absolue) est devenu un rituel régulier qui nous a rappelé pas mal de souvenirs.

Mais tout ça vient aussi avec le lot de découvertes géniales comme sa nouvelle manière de lire : elle ne tape plus sur les livres, elle les regarde.

Et maintenant, on n'est plus du tout inquiets quand elle mange des morceaux.

Bref, elle devient une petite fille...
Et nous, on devient de plus en plus des parents...
Même avec sa cousine qu'elle n'avait pas beaucoup vue, elle est bien plus complice. Qu'on s'entende là-dessus, elles ne parlent pas de géopolitique, mais elles se reconnaissent et sont heureuses de se voir.

* * *

Et un matin...

Qoi?
Tu as dit quoi?
Répète ma cherie!
PAPA?
AH AH AAAH!
Mais non ma chérie!
C'est moi papa!
PA-PA

Non, ça c'est une chaise, mon amour...
PAPA!
BA BA BA...
PAPA!

J'ai commencé ce carnet dès les premiers jours de la grossesse de Claire, après la lecture d'un petit texte que mon père avait écrit lorsque mon grand frère est venu au monde. Le but était que ma fille puisse nous voir tels qu'on était à cette époque, sa mère et moi, lorsqu'elle aurait l'âge de lire, et de comprendre. Les événements relatés sont sûrement proches de ce que de nombreux parents ont vécu, aussi, ce n'est ni un guide, ni un témoignage, mais un journal qui parle d'un moment de notre vie et de celle qu'on a donnée.

REMERCIEMENTS

À mes parents et mes frères, ma famille et mes proches pour leur amour et leur soutien.
À mon agente et mon éditrice sans qui le livre, que vous tenez entre vos mains, n'existerait pas.

Composition et mise en pages
Nord Compo à Villeneuve-d'Ascq

Achevé d'imprimer en mai 2022
sur les presses de Normandie Roto Impression s.a.s.
61250 Lonrai (Orne)

PAPIER À BASE DE FIBRES CERTIFIÉES

MAZARINE s'engage pour l'environnement en réduisant l'empreinte carbone de ses livres. Celle de cet exemplaire est de : 0,950 kg éq. CO_2 Rendez-vous sur www.mazarine-durable.fr

40-7314-1/01
N° d'impression : 2202277

Imprimé en France